소유정

1992년 경기도 안양에서 태어났다.
강남대학교 국어국문학과를 졸업하고
동 대학원에서 석사학위를 받았다.
2018년《조선일보》신춘문예 문학평론 부문에
「'사이'를 여행하는 히치하이커-이제니의 시 읽기」가
당선되어 비평 활동을 시작했다.

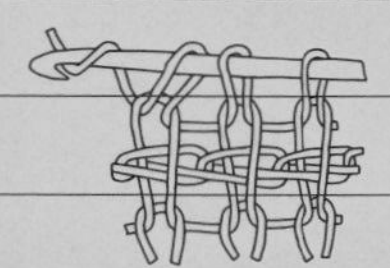

디자인 이지선

KB109173

세 개의 바늘

세 개의 바늘

소유정
에세이

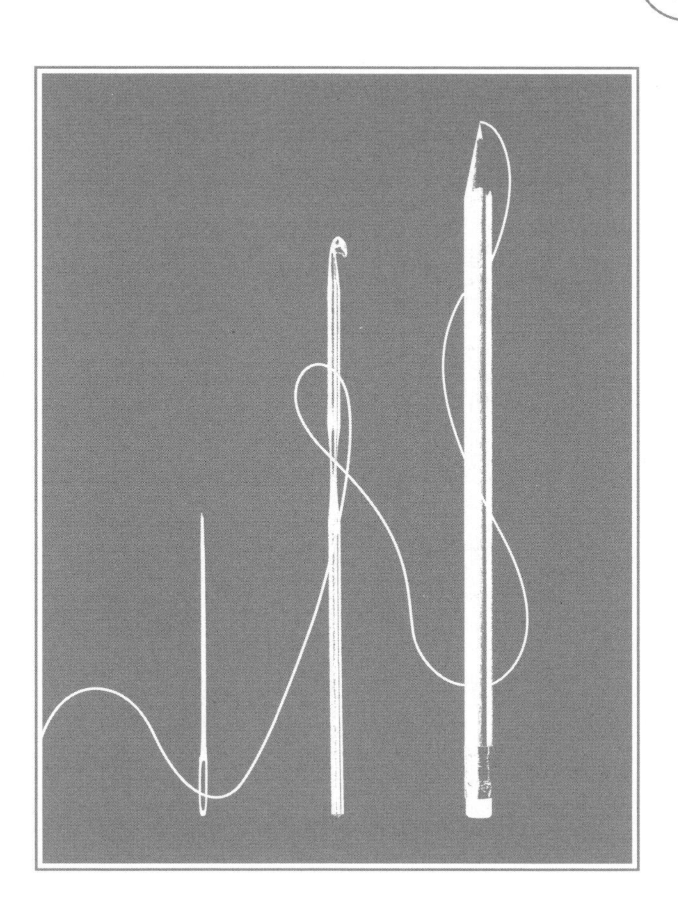

민음사

차례

2부

3부

4부

1부

그 전화만큼은 보이스 피싱이 아닐 수 있다

소유정 씨 되십니까?

다시 생각해도 보이스 피싱이 아닐 리 없는 목소리였다.

……네. 그런데요?

긴장감이 증폭되었다. 보이스 피싱이라면 전화를 끊을 타이밍을 잡아야 했기 때문이다. 게다가 새 옷에 한 쪽 팔을 껴 넣은 상태라서 매우 불편했다. 전화를 받던 순간의 기분과 몸 상태 모두가.

조선일보 문화부입니다.

그리고 이내 편안해졌다.

*

기억이라는 게 단지 어떤 장면만으로는 설명되지 않을 때가 있다. 어떤 기억은 선명한 풍경뿐만 아니라 그 순간의 마음과 고여 있는 감정 같은 것까지 함께 이야기되어야만 한다. 그것은 하나의 덩어리로 좀처럼 떨어지지 않아서 분리해서 말할 수가 없는 것이다.

2017년의 가을과 겨울이 내겐 그랬다. 석사 과정 수료를 앞둔 학기였고 그래서 내내 불안했다. 내가 나 자신을 갉아먹고 있다는 말만이 나를 설명할 수 있었다. 무엇이라도 되고 싶었으나 무엇도 되지 못했기 때문이었다. 시도조차 하지 않았으면서 뻔뻔하게 두려워했다. 학부를 마치고 곧장 대학원에 진학할 때에는 안도와 기대만이 전부였던 것 같다. 당장 사회에 뛰어들지 않아도 된다는 안도, 하고 싶은 공부를 더 할 수 있다는 기대. 안도와 기대를 품고 2년 가까이를 보냈지만 남은 건 불안뿐이었다.

무엇도 정해지지 않은 막연한 미래를 짐작해 보니 왠지 그 시간 속의 나는 더 이상 쓰고 있지 않을 것 같았기 때문이다. 마음에 드는 물건을 사고 나면 월말의 잔고를 걱정해야 하는 류의 보통의 불안만을 안고 사는 사람이고 싶어서 가을과 겨울을 열심히 보내기로 했다. 추운 계절을 부지런히 보내면 괜찮을 것 같았다. 뭐가 되진 못하더라도 하다못해 기분이라도 훨씬 나아질 것 같았다. 우선 친구와 함께 6주 과정의 출판 편집자 되기 수업을 듣기로 했다. 문학평론가가 되기까지 얼마나 시간이 걸릴지 알 수 없었으므로 그동안 다른 직업을 가져야 했기 때문이다. 책을 만드는 사람에 대한 동경은 언제나 있었고, 마침 수업을 맡은 선생님이 한국문학 편집자였기 때문에 수업을 신청하는 것엔 망설임이 없었다. 더군다나 책을 만드는 일이 궁금하긴 했으나 편집자의 업무가 어디서부터 어디까지였는지는 잘 알지 못했으므로 나에게는 꼭 필요한 강의였다. (직업을 다시 생각해야 할 수도 있으니 말이다…….)

편집자 수업을 들으며 동시에 얼마 남지 않은 신춘문예에도 투고하기로 마음먹었다. 마음을 먹었다고까지 말하는 이유는 그 전까지는 투고조차 망설였기 때문이다. 같이 공부하는 친구들과 선생님이 아닌 다른 이가 내 글을 읽는다는 것에 대한 막연한 공포가 있었다. 문학장 안에서 두루두루 읽히는 글을 쓰고 싶어 하면서도 정작 그런 사람이 되기 위해 타인에게 글을 보이는 것은 어쩐지 부끄러웠다. 그래도 석사를 마치기 전에는 꼭 한 번 투고를 하고 싶었다.

그것이 지난날에 품었던 안도와 기대에 대한 결실이었으면 했다. 좋은 결과는 없더라도 시도를 하는 것만으로도 좋았다. 시작이 반이라는 말도 있으니까, 반은 가지 않을까. 그런 마음으로 한 문장씩을 더해 나갔다.

가장 많이 문장을 더했던 건 합정역 카페에서였다. 편집자 수업을 듣기 전 카페 콜마인에 앉아 커피와 함께 팥 크림이 든 케이크 한 조각을 먹으며 짧게는 몇 문장을, 길게는 한 문단 이상을 쓰고 시간이 되면 수업을 들으러 갔다. 그렇게 글 한 편을 완성했을 땐 오랜만에 오롯한 만족을 느꼈다. 글에 조금의 아쉬움도 없었던 것은 아니었지만, 전에 없이 즐겁게 썼다는 생소한 느낌이 들었기 때문이었다.

그렇게 소중한 글 한 편을 완성했을 땐 마감 기한이 남아 있는 신문사가 얼마 되지 않았을 시점이었다. 마감이 열흘 정도 남은 곳이 한 군데 있었고, 두 곳 정도가 3일 뒤까지 원고를 받고 있었다. 글 하나를 쥐고 나자 이상하게 욕심이 생겼다. 일단 마감 기한이 얼마 남지 않은 신문사 중 한 곳에 이걸 보내고, 열흘 안에 또 글 한 편을 써서 두 개를 투고해 보면 어떨까…… 하는 지켜지지 않을 그런 마음. 우체국에 갈 때만 해도 그런 마음이었다. 다음 주에 다시 와서 하나를 더 보내야지. 하지만 글이 쉽게 마무리되지 않는다는 핑계, 기말 과제로 시간이 부족했다는 핑계, 온갖 핑계로 쓰겠다던 글은 끝내 보내지 않았다.

결국 달랑 글 하나를 투고하고 만 셈이었는데, 이전에 심사평에서 이름이 거론되었다거나 하는 전적이 전혀 없었기 때문에 기대 또한 없었다. 그랬기에 아무런 마음의 준비 없이 전화를 받게 되었던 것이다. 그때 나는 쇼핑 중이었다. 마음에 드는 옷을 입어 보기 위해 들어갔던 탈의실 안에서, 새 옷에 한 쪽 팔을 껴 넣은 채로, 잠시 벗어 두었던 코트 안에서 전화 벨소리가 울렸을 때 나는 한 번 고민했다. 꺼낼까 말까. 자유로운 나머지 팔로 주머니에서 휴대폰을 꺼내었는데 모르는 번호가 떠 있을 때에도 나는 한 번 고민했다. 받을까 말까. 요즘 들어 보이스 피싱 전화가 너무 많았고, 대출 홍보, 부가 서비스 홍보 전화도 잦았던지라 두어 번 벨이 더 울릴 만큼 고민했지만 그렇다면 금세 끊을 요량으로 전화를 받았다.

여보세요?
소유정 씨 되십니까?

이후 열린 시상식에서 수상 소감을 말할 차례가 되었을 때, 보이스 피싱인 줄 알았다고 고백했었다. 그도 그럴 것이 소유정 씨 되십니까? 하고 묻는 기자님의 목소리가 실제로 몇 번인가 걸려 온 '서울중앙지방법원의 ○○○ 수사관입니다.' 하던 그 목소리들과 매우 흡사했기 때문이다.

역시나 그런 것인가…… 하는 생각이 스쳤지만 나는 한 번은 대답해 주기로 했다.

……네, 그런데요?

법원이라든가, 수사관이라든가, 범죄라든가 그런 비슷한 말이 하나라도 나오면 바로 종료 버튼을 누를 참이었다. 옷도 빨리 입어 봐야 하는데. 내가 나가야 다음 사람이 옷을 입을 텐데……. 상대의 다음 말을 기다리기까지 오만 가지 생각이 들었다.

조선일보 문화부입니다. 신춘문예 평론 부문에 투고하셨죠?

그 말을 듣기까지는 시간이 아주 느리게 갔는데 어쩐 일인지 그 다음부터는 잘 기억이 나지 않는다. 대충 감사하다는 말을 여러 번 했던 것 같고, 정신이 없는 와중에도 왼쪽 가슴에 스누피 패치가 붙어 있는 맨투맨에 비로소 양쪽 팔을 다 끼워 보고 맘에 들어했다.

탈의실에서 나왔을 때는, 아직 옷을 사지도 않았는데 새 옷을 선물 받은 기분이었다. 어째서 그런 행운이 나에게 찾아온 걸까. 아직도 생각하면 얼얼한 기분이다. 2017년 12월 20일. 크리스마스 선물을 닷새나 당겨 받은 날이었다. 가끔 누군가 물을 때가 있다. 어떻게 등단을 하게 됐어요? 그럴 때마다 나는 여러 번 말을 고르곤 했다. 모르겠어요…… 보이스 피싱 전화를 꼬박꼬박 잘 받은 덕분입니다…….
하지만 그 어떤 것도 입술 밖으로 내놓지 못하고 살며시 웃을 수밖에 없었다. 입 안에 고여 있던 말들을 여기에 남겨 두는 것으로 뒤늦은 대답을 해 본다.

등단의 순간은 온통 기쁨이었지만 곧 슬픔이 기쁨에 비례했다. 당선 전화를 받았던 순간에 그저 얼떨떨하여 눈물 한 방울쯤 고였을지언정 줄줄이나 엉엉 같은 소리가 어울리는 눈물은 흘리지 않았다. 옷을 사서 곧장 집으로 가 가족들의 얼굴을 보았을 때 으아아 하는 이상한 소리를 내며 조금 울었을 뿐이다.

나의 슬픔은 낮의 모든 축하가 지나간 깊은 밤, 혼자 남은 후에야 시작되었다. 혹시라도 우는 소리가 방 밖으로 새어 나갈까 두려워 솜 이불을 머리 끝까지 덮어쓰고 줄줄 하고 엉엉 하고 울었다. 그것은 홀로 만끽하는 기쁨의 눈물이 아니었다. 순도 100퍼센트의 두려움으로 가득한 눈물이었다. 이제 돈을 받고 글을 쓴다……. 그것은 기쁘지만 한편으로는 무섭지……. 수정할 수 없게 종이 지면으로 남고, 디비피아나 스콜라 같은 학술 DB 사이트에서도 누구나 볼 수 있는 파일로 남을 거야. 어쩜 좋아. 너무너무 무섭다…… 게다가 나는 소설 비평을 주로 써 왔는데 어쩌다 시 비평으로 등단하게 된 거지? 물론 시를 너무 좋아하지만 시 비평은 많이 써 보지 못했는걸. 덜컥 당선이 되는 바람에 세이브 원고 같은 것도 없는데……. 어차피 비평은 세이브 원고가 무용한 장르이긴 하지만……. 어쨌거나 좋아하는 마음만으로 할 수 있을까? 그 마음으로 읽어 낸다면 오래도록 쓸 수 있을까? 번뇌가 길어질수록 울음소리가 커졌다. 그런 날이 며칠이고 계속되었다.

하지만 눈물의 연속이었던 날들이 머쓱하게도 나는 지금 문학을 좋아하는 마음만으로 계속해서 쓰고 있다. 앞으로 가야 할 길이 멀지만 그 길도 좋아하는 마음이라면 가슴 벅차게 달렸다가 또 쉬엄쉬엄 산책하는 기분으로 나아갈 수 있을 것 같다. 푸른 하늘을 배경으로 힘차게 달려나가는 명랑 만화의 주인공은 아니지만, 그 옆을 느긋하게 지나가는 행인 1 정도의 마음이라면 오래 걸을 수 있겠지.

다글다글한 마음

처음부터 비평이었던 건 아니었다고 고백해 본다. 스물둘 정도만 하더라도 나는 소설을 쓰고 싶어 하는 학생이었다. 그때엔 비평이라는 장르에 대해서도, 비평을 어떻게 써야 하는지도 몰랐으므로. 소설 읽기를 좋아했으니까 막연히 그것을 쓰고 싶다는 생각이 지배적이었다. 하지만 어떤 이야기를 써야 할까, 어떤 문장들로 한 편의 소설을 채워야 할까를 고민할 때면 늘 막막했다. 그럼에도 쓰고 싶다는 열망을 지울 수 없게끔 만드는 작은 무언가가 마음 깊은 구석에 콕 박혀 있었다. 오정희 소설의 한 장면이 그랬다.

오정희의 「중국인 거리」는 한국전쟁 이후 인천의 중국인 거리를 배경으로 한다. 열 살 여자아이의 눈으로 보는 중국인 거리는 전쟁이 지나간 후의 황폐한 삶 그 자체이지만 낯선 감정이 불러일으키는 호기심이 더해져 생경하게 묘사되기도 한다. 이 소설에서 내가 가장 좋아하는 부분은 주인공 '나'가 친구인 치옥이네 집에 놀러 갔을 때의 일이다. 치옥이네 집에 세 들어 사는 양갈보 매기 언니는 이전부터 '나'의 호기심을 자극하는 인물이었다. 이 동네에서 양갈보에게 세를 주지 않은 집은 '나'의 집뿐이었으므로, 맞은편에 사는 매기 언니는 늘 궁금한 존재였다. 치옥의 제안으로 매기 언니의 방을 구경하게 된 '나'는 달고 연한 치약 냄새가 나는 비스킷이랄지, 화장대의 향수병이랄지, 본 적 없는 화장품이나 속눈썹 같은 '미제' 물건들에 마음을 빼앗긴다. 그중에서도 제일은 치옥과 비밀스럽게 나누어 마신 초록색의 액체였다.

> 손끝도 발끝도 저리듯 나른히 맥이 풀려왔다. 눈꺼풀이 무겁고 숨이 차오는 건 방 안이 너무 어둡기 때문일까, 숨을 내쉴 때마다 박하 냄새가 하얗게 뿜어져 나왔다. 나는 베란다로 통한 유리문의 커튼을 열었다. 노오란 햇빛이 다글다글 끓으며 들어와 먼지를 떠올렸고 방 안은 온실과도 같았다. 나는 문의 쇠장식에 달아오른 뺨을 대며 바깥을 내다보았다. 그리고 다시 중국인 거리의 이층집 열린 덧문과 이켠을 보고 있는 젊은 남자의 얼굴을 보았다. 그러자 알지 못할 슬픔이 가슴에서부터

파상(波狀)을 이루며 전신으로 퍼져나갔다.[1]

한 모금을 홀짝 마시자 입 안 가득 퍼져 나간 달고 화한 맛. 처음 술을 마신 어린 아이를 오정희 작가는 이렇게나 생생하게 그려 낸다. 읽는 이마저 정신이 몽롱해지는 것만 같은 서술에서 단번에 나를 사로잡은 건 '다글다글'이라는 표현이었다. 아지랑이 피어오르듯 끓어오르는 햇빛에 붙일 수 있는 가장 적절한 부사였으나 이전에는 본 적 없는 말이었다.

결국 하나의 단어 때문에 이 소설 전체를 좋아하게 되었다. 소설 자체에 대한 사랑 또한 커졌음은 물론이다. 단어 하나로 어떤 소설을 기억하게 된 경험은 아주 특별한 것이라 나도 그런 소설을 쓰는 사람이 되고 싶었다. 이런 저런 이야기를 떠올리다가도 왠지 쉽게 쓰지는 못하고 있었는데 아무래도 써야 한다는 내·외부적인 압박이 덜했기 때문이었다.

마침 새 학기가 되어 소설 창작론 수업을 수강하게 된 것은 나름대로 그러한 압박이 필요하다는 판단이 들어서였다. 내 안에서 다글다글 끓어오르는 무언가를

1 오정희, 「중국인 거리」, 『유년의 뜰』(개정판) (문학과지성사, 2017), 96쪽.

드디어 내보일 차례가 되었다는 결연한 마음으로 수업에 들어갔던 그때의 나를 생각하면…… 조금 웃기다.

의지와는 다르게 내가 썼던 소설은 시시했다. '사' 자 직업을 가진 사람이 되라는 엄마의 성화에 의사, 판사, 변호사, 교사도 아닌 척척박사가 된 남자의 이야기였다. 설정 자체도 터무니없지만 그 와중에 어째서 연애 요소를 포기할 수 없었던 건지 척척박사를 찾아온 사람 중 한 명과 짝을 지어 주기도 했었다. 나름대로는 성장 서사의 꼴이었으나 무엇의 성장인지는 알 수 없는 채로 끝나 버린 것이 나의 처음이자 마지막 소설이다. 그렇지만 지금도 아주 가끔 혼자서만 조심스럽게 꺼내 읽어 보는 부분이 있다. 소설을 사랑하게 만들었던 다글다글한 햇빛만큼은 아니지만 모든 것이 불확실했던 시간을 견디게 해 주었던 어떤 밤의 달과 같은 장면이다.

인터넷에서는 달에 대한 이야기로 시끌시끌했다. 미스터리한 존재에 대해 가설을 소개하는 프로그램에서 달이 인공구조물이라는 이야기가 나왔기 때문이다. 척척박사라면 이런 우주의 신비에 대해서는 알아 둬야 할 것 같았기 때문에 제법 긴 글이었지만 차근차근 읽어 내려갔다.

「달의 내부 구조를 가장 잘 알 수 있는 방법은 바로 지진 실험이다. 당시 아폴로 우주인들은 지구로 귀환하기 전, 달착륙선을 달에 버릴 때 생기는 지진을 측정했다. 달에 설치한 월진계에 나타난 달은 55분 이상 계속 진동했다. 진동은 최고 강도에서 최대 약 8분간 지속되었으며, 진폭은 점차적으로 약해졌다가 사라졌다. 지진연구소 책임자 머리스 윈커는 한 텔레비전 프로그램에서 이 같은 사실을 말하면서, 이런 진동은 마치 교회당의 큰 종이 울리는 것과 같은 것이라고 말했다. 또한 다른 천체의 지진과는 달리, 달의 진동 파장은 오직 진동 중심에서 사방으로 전파되는 L파만 있을 뿐, 고체에서 전달되는 S파가 없었다. 다시 말하면 지진파는 달 내부로는 전파되지 않았으며 이것은 마치 완전히 속이 빈 구체에서 발생한 진동과 같은 것이다…….」

무슨 말인지는 이해가 잘 가지는 않았지만 달의 파장은 속이 텅텅 빈 수박을 두들겼을 때 나는 울림과 비슷한 것이라는 말인 듯 했다. 달의 속이 텅텅 비었든, 알차게 꽉꽉 찼든, 나와는 아무런 상관이 없었지만 나는 달의 진동을 본 사람으로서 고개를 끄덕끄덕 했다. 정확히 말하면 그것은 꿀렁, 하는 것이었다. 마치 버스가 과속방지턱을 넘을 때 꿀렁, 하는 것과 같은 움직임이었다. 구토의 시작과 같은 몸짓으로, 달은 침을

뱉듯 별 하나를 퉤 하고 뱉어 냈었다. 달이 텅텅 비었다면
그렇게 별을 토해 낼 수가 없었을 것이다. 나는 우주인들이
달의 지진파 검사를 했던 시간은 아마도 아침이었을 것이라고
생각했다. 그날 아침, 달은 분명 공복이었으리라.

작은 방 안에 다녀간 사람들이 늘어 가고 계절은 완전한
겨울이 되었다. 12월의 초입에 그녀를 처음 만났다. 그날은
유난히도 추운 날이었다. 뉴스에서는 작년보다 기온이 몇 도
가량 떨어진 날씨라는 둥 떠들어 대고 있었고 나는 창문 너머의
별들을 쳐다보고 있었다. 달은 그날따라 속이 좋지 않았는지
별들은 하늘에 한가득 뱉어 놓은 상태였다.

한참을 올려다보다 나는 그제야 간판에 불을 켜지 않았음을
깨달았다. 저녁이 지난 지 꽤 되었는데도 까맣게 잊고 있었다.
스위치를 누르자 창문 옆 사무실 간판이 깜빡, 깜빡 하다가 밝게
빛났다.

그리고 마침 상가 아래를 지나가던 여자의 정수리에도
빛이 깜빡, 깜빡 했다. 다음 순간 위를 올려다보는 여자와 눈이
마주쳤다. 깜빡거리며 밝게 빛나는 간판을 한번 보고, 그 옆에
나를 보고. 동그란 눈으로 '척척박사'라고 적힌 내 사무실
간판을 한번 읽고, 나를 또 한 번 보고. 그렇게 눈을 맞추다
여자는 고개를 홱 돌리고는 앞으로 걸어갔다. 뭐지? 뭘까요,
달님. 알 수 없는 기분에 달을 보며 속으로 묻고 있었을 때,

사무실의 문을 똑똑 두들기는 누군가가 있었다. 그리고 그와 동시에 달은 둥그런 배를 잡고 부르르 하더니, 별 하나를 툭 뱉었다.

소설 속에서 달이 뱉어 낸 별은 사랑에 대한 은유일 테지만 그때의 나에게 별은 계속해서 쓰고 싶다는 마음이었다. 마음은 컸고 스스로에 대한 확신이 부족해서 괴로웠던 시간들이 있었다. 앞서 처음이자 마지막이었던 소설이라고 말했듯, 이후로 나는 더는 소설을 쓰지 못했다. 달이 별을 토해 내듯 끊임없이 안에서 치밀어 오르는 무언가가 있어야 한다고, 그래야만 지치지 않고 쓸 수 있다고 생각했는데, 열망에 비해 내 안은 너무나도 고요했기 때문이다.

하지만 문학하고 싶은 마음은 좀처럼 사그라지지 않아서 다른 고민을 시작했다. 말하기의 방식이 꼭 소설이 아니어도 괜찮냐고 스스로에게 물었고 한참이 지나 그렇다는 답변을 받았다. 소설 쓰기를 그만두었음에도 「중국인 거리」는 쉽게 놓을 수가 없었다. 여러 번 그 장면으로 돌아갔다. 좋아했던 단어와 문장들. 그런 감각에 집중할수록 그와 같이 쓰고 싶다는 생각이 사라졌다.

단지 그것이 왜 좋은지 말하고 싶어졌다. 나의 좋음을

다른 사람들도 알아주었으면 좋겠다, 같이 좋아해 주면 좋겠다는 생각이 차올랐다. 이것이 내가 비평을 쓰게 된 이유다.

세상에는 별이 참 많다. 매달, 매 계절, 한 해에만 셀 수 없이 많은 별들이 쏟아진다. 내가 하는 일은 별을 뱉어 내는 일이 아니다. 누군가가 뱉어 낸 별들을 잘 보는 일. 그것들을 조심스레 주워 들고 얼마나 반짝이는지를 살피는 일, 어느 한 부분의 빛이 희미하다면 왜 그런지를 들여다보는 일, 우리가 지나온 시간에 따라서 혹은 비슷한 색에 따라서 별자리를 만들어 주는 일. 그것이 내가 하고 있는 문학비평이다. 내가 그런 일을 하고 있다는 것이 더없이 기쁘다.

지나온 마음들: 호기심-관심-경계심

비평 쓰기의 시작은 '스무 살 영화관'에서부터였다. '스무 살 영화관'은 지도 교수의 책 제목을 빌려 쓴 과 내 영화평론 동아리다. 소설 쓰기에 대한 열망이 사그라졌던 무렵에 이름도 생소한 비평 동아리를 시작한 건 우연 같은 운명일지도 모른다고 생각해 왔다. 영화보다는 드라마를 (지금도) 더 좋아하고, 비평이란 게 무엇인지, 또 어떻게 써야 하는지도 몰랐던 때였는데, 어떻게 그 동아리에 들어가기로 마음먹었는지 모를 일이다. 회장이었던 선배의 권유와 졸업 전 동아리 활동 정도는 해 봐야겠다는 의지, 영화를 많이 보고 싶은 마음. 이 모든 것이 비평 동아리를 시작할 수 있었던 이유였으나 무엇보다 가장 큰 비중을 차지한 것은 호기심이었던 것 같다. 잘 모르는 영역에 대한 호기심,

그리고 알고 싶은 마음이 있었기 때문에 비평을 시작할 수 있었다. 영화와 친해지고 싶었지만 어쩐지 비평을 더 좋아하게 된 것이다.

가끔 생각해 본다. 그때 내가 시 문학회에 들었더라면 지금 시를 쓰고 있었을까? 아무래도 그건 아닐 것 같다는 결론은 몇 번이고 바뀌질 않는다. 나는 마음에서 비롯된 일은 결국 그 마음이 향하는 곳에 닿게 되어 있다고 믿는 사람이고, 비평이라는 일에 있어서도 그렇다. 어떻게 써야 하는 건지도 모르는데, 심지어 글에 대한 확신조차도 없는데, 그렇게 모르면서도 쓰고 싶은 마음, 작품 안쪽의 내밀한 부분까지도 들여다보고 싶은 마음은 계속 되었다.

그 마음이 문학 비평으로 전이되기까지는 오래 걸리지 않았다. 문학을 전공하고 있지만 영화 비평이라는 새로운 장르를 만나 다시 문학으로 돌아오게 된 셈이다. 넘실대는 마음을 눈치 챈 것처럼 동아리를 이끌던 선생님은 이런저런 말들을 건네주었다. 영화를 보는 것과 문학을 읽는 것이 다르지 않아. 문학을 읽는 사람이 영화를 보면 영화만 보는 이와는 또 다른 눈을 갖게 돼. 반대의 경우도 마찬가지야. 영화를 보는 사람이 문학을 읽으면 문학 안에서 다른 것을 발견할 수 있게 되지. 그런 말에 열심히 고개를 끄덕이곤 했다.

'스무 살 영화관'의 '관'은 본래의 의미처럼 '객사 관(館)'이

아닌, '볼 관(觀)'을 쓴다. 그것을 알고는 있었지만 의미를
정확하게 안다고는 할 수 없었다. 시간이 흘러 선생의 말을
되새기며 그때를 돌아보니 이제는 알 것도 같다. '스무 살
영화관(觀)'. 그 안에 있는 시간 동안 처음으로 무언가를
깊게 들여다보려는 눈을 뜰 수 있었다. 눈을 뜨니 새로운
길이 보였다. 지치지 않고 오래도록 걷고 싶은 길, 조바심과
욕심은 달래고 처음의 마음으로 끝까지 걷고 싶은 길. 나는
지금 그 길을 한 걸음씩 걸어가고 있다.

*

나에게 비평은 들여다보고 싶은 마음에서부터 시작된
것이지만, 다른 사람들이 지닌 비평하는 마음이나 태도에
대해서는 아는 것이 없었다. 내가 정답이라 할 수 없기에 늘
다른 이의 마음이 궁금했다. 내가 가는 길에 닦여진 자리가
있다면 앞서 그 길을 걸어간 이는 어떤 마음으로 걸음을
내딛었던 걸까. 어느 날 읽은 글에서 물음에 대한 답을 얻었다.
그것이 완벽한 해답이라고 할 수는 없겠지만 지금도 걸음과
걸음 사이에 표지판처럼 가끔 꺼내어 보는 말들이 있다.

문학작품과 문학비평은, 수수께끼와 뜻풀이의 관계에 있지

않다. 작품은, 그것이 작품이라고 불리는 일이 온당하다기만 한다면, 무엇인가를 의미화와 맥락화의 한계로 밀어붙이거나 그 한계에 대한 체험을 반영한다. 한편으로 비평은 그러한 한계 체험에 감염되어 그것을 자기 안에서 반복하는 것이고, 다른 한편으로 비평은 의미화와 맥락화의 한계를 넘기 직전인 무엇인가가 광기와 무의미, 혼돈 속으로 흩어져버리지 않도록 그것을 개념적 틀로 포획하고자 시도하는 것이다. 의미와 맥락을 넘어설 때에만 발생하는 그것을, 의미와 맥락 속에 붙들어두려는 불가능한 시도가 비평적 긴장을 충전시킨다. 창작과 연구 양쪽에 걸쳐 있는 비평의 모호한 위상은 그러므로 비평의 본질을 반영하는 것이기도 하다. 비평이 앞의 것을 잊을 때 스스로를 해설자 정도로 착각하게 되고 문학작품 또한 전문가에 의해 의미화 맥락화되기를 기다리는 흥미로운 수수께끼 정도로 격하되고 만다. 반대로 뒤의 것을 잊을 때 비평은 문학작품이 아슬아슬하게 건져올리고 있는 한계 체험(의미의 무의미 혹은 무의미의 의미, 가치의 무가치 혹은 무가치의 가치, 혼돈의 구조 혹은 구조의 혼돈, 절제된 광기 혹은 광기 어린 절제 등)을 젠체하는 요설로 오염시키고 만다.[2]

2 권희철·서영채, 2016년《문학동네》신인상 평론 부문 심사평.

결국 비평은 불가능한 시도의 수행과 다름 아닐 것이다. 타인을 이해해 보려는 사람의 마음이 그러하듯 작품에 다가서는 비평의 마음 역시 다르지 않다. 하지만 모든 시도가 불가능에 가깝다고 하여 그 결과 역시 실패는 아닐 것이다. 어느 한 쪽으로 치우치지 않도록, 허방에 발이 빠지지 않도록, 주위를 경계하며 한 걸음씩 나아간다면, 발끝의 궤적을 여러 번 그려 본다면 실패와 성공을 가르는 다른 무언가를 발견할 수 있지 않을까. 궁극적인 것 없이 끊임없이 (재)생성되고, 함부로 정의할 수 없이 차오르는 것. 그것이 궁금해서 오늘도 나는 깊이 더 깊이 들여다보려 한다.

비평가 선언

하나 둘 셋, 마이크 테스트를 하는 기분으로 지난 기억을 꺼내 본다. 《문학과 사회》 하이픈의 2020년 여름호 기획은 흥미로웠다. "나는 비평가다. 왜냐하면,"이라는 선언에 대한 근거를 찾기 위해 제시된 몇 가지의 질문 중 하나를 골라 답변을 다는 식이었다. 가령 "스스로를 비평가로 정체화하고 있다면 그 계기는 무엇이며, 비평 활동에서 가장 중요한 것은 무엇이라고 생각하는가?", "당신에게 '비평적 행위'란 무엇인가?"와 같은 질문들. 한눈에 보기에도, 오래 생각해도 쉽게 입이 떨어지지 않을 것 같은 질문에 고민을 하다 청탁을 수락하기는 했지만, 결과적으로 나는 그 질문들 중 어느 하나에도 제대로 된 답변을 달지 못했다. 질문에 대해 생각을 하면 할수록 "나는 비평가다."라는 선언에 대한 의구심이 들었기 때문이다. 나는 문학작품에 대한 비평을 쓴다. 관련 자리에 가면 평론가 혹은 비평가라고 스스로를 소개하기도 한다. 하지만, 내가 정말? 나 자신이 정말 스스로를 비평가라고 생각하나? 나의 고민은 너무나 고전적이게도 데카르트적인 사유로 돌아갔다. 열 개의 질문 중 단 하나에도 답을 하지 못하는 부끄러움을 꾸역꾸역 삼켜 내며, 그것을 상쇄하겠다는 마음으로 아주 오랜만에 '나'와 '나'의 비평적 행위에 대해 생각했다. 어쩌면 이 기획은 나로 하여금 스스로를 깨우치게 하기 위함일까, 그런 생각도 하면서. 애써 삼켰던 부끄러움을 토해 내는 기분으로 썼던 글의 일부는 다음과 같다.

나는 '무언가'가 있던 지점에 축을 세우고 주위를 맴돈다. 선이 짙어질 때까지, 그것이 원에 아주 가깝다고 느낄 때까지. '무언가'는 여러 갈래로 흩어져 상념이 되었다가, 또 한데 뭉쳐져 덩어리가 되었다가, 이내 작은 씨앗과 같은 것으로 변한다. 가끔은 숨처럼 그냥 흩어지기도 한다. 내가 '무언가'를 맴도는 과정, '무언가'가 다른 '무언가'가 되는 과정에서 분명해지는 유일한 것은 '나'뿐이다. 그것에 대해 오래도록 생각하는 나, 그것과 나 자신, 또 다른 이들을 이어보는 나만이 또렷해진다. 그렇기에 비평가라는 직업은 내게 생활은 아니겠지만, 나를 계속해서 비평하게 만들고, 비평에 가깝다고 느껴지는 이 과정들이 있기에, 오히려 비평은 생활이 된다.[3]

다른 사람에게는 어떨지 모르겠지만 이 한 문단을 쓰기 위해 짧지 않은 시간 동안 스스로를 들여다봐야 했다. 문을 열지 않으려는 나, 자꾸만 커튼을 치는 나, '무언가'처럼 주위를 맴돌다 흩어지려는 나를 어르고 달래 작은 문틈 사이로나마 지켜볼 수 있었다. 그 과정이 힘들지는 않았지만, 책상 앞에 앉아 '나'에 대해 써야 할 때는 아주 많이 괴로웠다. 여러 작품을 논하며 수없이 말했던 '나'(화자)였는데, 그 대상이 정말로 나 자신이어야 한다니. 그때, 아르키메데스가 목욕통에서 튀어나오던 때처럼 엄청난 깨달음이 나를 스쳤다. 나는 처음으로 내게 주어진 처음의 명제에 답할 수 있었다. 성립된 완전한 문장은 이렇다.

나는 비평가다. 왜냐하면, 나는 나에 대해 쓸 수 없기 때문이다.

그도 그럴 것이 시와 소설과 달리 평론에서는 '나'를 잘

3 「빈 문서1」, 《문학과 사회》 하이픈, 2020년 여름호.

드러내지 않는다. '나'라는 주어는 작품에 양보하면서 한 편의 글 전체가 오로지 쓰는 이의 목소리로 채워지는 것이 비평이다. 어쩌다 한 번 '나'라는 말을 썼다가도 어색한 마음에 금세 지워 버리고 마는 것이 사실이었다. 그런데 어쩔 수 없이 '나'를 앞세워 글을 쓰다 보니 처음에는 낯섦이 컸지만 이상하게도 어느 순간 흥이 나기 시작했다. 약속했던 원고지 15매가 끝났을 땐 묘한 쾌감마저 들었다. 뭐지? 사실 나, 나에 대해 이렇게나 말하고 싶었던 걸까…….

실은 수줍은 관종이었다는 걸 들켜 버린 것일까. 위의 글의 말미에서 나는 "지난 2년 동안 쓴 글들과 어쩌면 앞으로 쓰게 될 글을 통틀어 이만큼 '나'에 대해 말한 글은 없을 것이라는 생각이 들었다."고 자신했지만, 지금 쓰고 있는 이 에세이를 계약하기 위해 만난 날, "일상을 굴리는 부지런함이 글쓰기에도 영향을 미칠 것 같다."며 나를 궁금해하는 두 편집자의 제안에 당해 낼 재간이 없다는 듯 아주 멋쩍게, 또 이렇게나 열심히 나를 말하고 있다.

이제 나는 자신에 대해서도 조금은 쓸 수 있는 비평가가 되었다. 나에 대해 이야기하는 것을 좋아한다는 사실도 긍정하기로 했다. 어쩐지 레벨 업을 한 것 같은 기분이랄까. 온통 나의 이야기로 채워질 이 책이 끝나면 나는 얼마나 자라 있을까. 그 과정에 몇 번쯤은 내가 모르는 또 다른 나를 만날 수 있기를, 마지막 책장을 덮는 순간엔 자신 없던 선언에 느낌표 하나는 붙일 수 있는 사람이기를 바라 본다.

세 개의 바늘

'비평가 선언'에 대한 원고 집필은 쓰는 나를 다시 한 번 돌아볼 수 있게끔 만든 계기가 확실하다. 그런데 생각해 보니 그 원고를 쓰기 이전에도 나는 (딱 한 번 정도) 비평가로서의 정체성에 대한 심도 깊은 생각을 했던 적이 있었다. 어쩌면 더욱 진지하게.

2년 전쯤이었나. 그 해엔 여러모로 신변의 변화가 많을 예정이었다. 하지만 아직 아무것도 결정된 게 없었고 불안만 점점 커져 갔다. 스스로를 다독여 보려는 방편으로 인터넷 토정비결이나 자미두수 같은 사이트를 들락거렸다. 가 본 적 없는 시간의 나는 편안한지 또 행복한지 그런 것들이 궁금했다. 누군가를 찾아가서 묻자니 그럴 용기가 없었고, 더군다나 확신 있는 목소리며 단단한 눈빛 같은 것이 더해진 사람의 말은 더욱이 힘이 세니까, 그런 말이라면 좋은 말이든 나쁜 말이든 몽땅 믿어 버릴 것 같아서 두려웠다. 내게는 생년월일과 태어난 시, 성별을 입력하면 단번에 한 해의 운세가 뜨는 쪽이 좀 더 안심이 되었다. 1월부터 12월까지의 운세를 살피며 그 시간의 나를 그려 보는 것이 좋았다. 형통, 대길, 복록, 대통…… 그런 단어들을 중얼거리고 있으면 기분이 조금 나아지기도 했다.

한참 그런 상태였다는 걸 누구에게 털어놓았던 적은 없었는데 귀신 같이 소설가 H가 내게 카카오톡 채팅으로 보는 사주 풀이를 추천해 주었다. H는 타로 카드를 여러 종류 가지고 있었고 타로점도 곧잘 보는 편이라 종종 점을 쳐 주기도 했다. 그날도 어느 말끝엔가 운세에 대한 이야기가 나왔는데 작년에 보았던 사주 풀이와 월별 운세가 신통하게 잘 맞아 올해에도 예약을 해 두었다는 것이었다. 그래? 뭐가 그렇게 잘 맞는데……? 하고 H의 이야기를 듣다가 헤어질 때엔 채팅 주소를 공유 받았다.

저, 소개 받고 예약 문의 드립니다. 이런 메시지를 보내는 데까지 왠지 모르게 한참이 걸렸다. 나쁜 짓을 하는 것도 아닌데 여러 번 주저했다. 몇 번의 클릭으로 내가 가진 것을 입력할 때는 아무렇지 않았는데 아무래도 사람이니까, 사람이 하는 일이니까, 대화를 해야 하니까 그런가 보다

하면서 사람이 어려운 사람처럼 굴었다. 그런 고민을 하고 있는 사이에 온 답장은 너무나 친절해서 무너지듯 안도했고, 당장이라도 나의 정보를 넘겨 드리고 싶었지만 예약 날짜까지 꾹 참아야만 했다.

한 시간 남짓한 시간 동안 선생님은 나의 미래는 물론이거니와 전반적인 인생의 흐름에 대한 풀이, 성향에 대한 풀이와 함께 한 해의 종합 운세와 월별 운세 등을 섬세하게 짚어 주었다. 그 대화 안에는 내가 위안 삼았던 형통, 대길, 복록, 대통과 같은 말들은 없었지만, 누군가 나를, 나의 삶과 시간을 이렇게 세심하게 가늠해 주고 있는 것 자체가 나쁘지 않았다. 오히려 좋았다. 문제는 그때 맞아요, 맞아요 하고 열심히 맞장구를 쳤지만, 고작 2년이 지난 지금에 와서는 그날의 대화가 전혀 기억나지 않는다는 것이다. 다른 누구도 아닌 나에 대한 이야기인데도.

그럼에도 단 하나 분명히 기억하는 것이 있다면 내가 세 개의 바늘을 가지고 태어났다는 말이었다. 선생님의 이야기는 이랬다. 사람이 가진 여러 개의 살 중에 현침살이란 것이 있는데 이것이 바로 바늘이라고 했다. 왜 바늘이냐 하면 타인에게 뾰족하게 말하는 살이기 때문이라고.
(여기까지 들었을 때 파노라마처럼 지난날의 과오가 떠올랐다. 내게 말로 상처받은 사람들이 있다면 미안해…….) 사람마다

많게는 세 개에서 다섯 개까지 갖고 있는 것이 현침살인데, 이를 직업적으로 쓰면 매우 효과적으로 기능한다고 했다. 가령 언론인이나 비평가처럼. 그렇지만 꼭 말이나 언어를 중심으로 하는 직업이 아니더라도 펜이나 칼, 바늘과 같이 뾰족한 것을 도구로 쓸 수 있는 일이라면 살을 좋은 방향으로 쓰는 것이라고도 했다.

여기까지 들었을 때 내 머릿속은 세 개의 바늘로 가득 차 버렸는데 그 이유로는 첫 번째로 글을 쓰는, 그것도 비평을 하는 직업이라고 선생님께 말을 한 적이 없기 때문이었고, 두 번째로 내가 하는 일이 내가 가진 요소들과 긴밀하게 연결되어 있다는 것, 그러니까 비과학적인 탐구이지만 결과적으로는 너무나 잘 들어맞는다는 사실이 신기해서였다. 그리고 세 번째로는 바늘을 세 개나 가졌다는 사실이 엄청나게 좋았기 때문이었다.

그날 이후로도 한참이나 세 개의 바늘에 대한 생각은 계속되었다. 처음에는 바늘을 세 개나 가졌다는 사실이 기뻤다. 삼세판의 민족으로서 혼자 쓸 수 있는 바늘이 세 개나 된다는 게 좋았다. 그렇지만 이 바늘이 정말로 나의 직업과 일과 연결되어 있다면 나는 세 개의 바늘을 잘 쓰고 있는 걸까 하는 의문이 들었다. 아무리 생각해도 그런 것 같지는 않았다. 바늘 세 개를 온전히 비평에 쓰고 있다면 난 더 훌륭한 비평가여야 했다. 아무래도 비평에 쓰는 바늘은 하나 정도인 것 같다는 결론에 이르렀다. 그렇다면 나머지 두 개는?

남은 두 개의 바늘을 어디에 쓰고 있는 걸까 여러 번 고민했지만 답을 쉽게 찾을 수는 없었다. 언젠가 뭉툭해질 바늘 끝을 대비하여 둔 스페어 바늘 같은 건가 하는 생각을 했다가 곧 도리도리 고개를 저었다. 어쩌면 바늘은 이미 제 역할을 하고 있는지도 몰랐다. 어젯밤 서운한 기색으로 통화를 마친 엄마에게, 업무 중 똑같은 질문을 여러 번 하는 전화 통화 속 상대에게 향한 뾰족한 말들이 그 바늘일지 몰랐다. 그렇지만 그런 건 바늘 탓을 해서는 안 되는 것이니까, 스스로의 날선 부분을 다듬으며 나머지 바늘은 어디론가 가 있겠거니, 언젠가는 제 쓰임을 하겠거니 하고 마음을 다스렸다.

놀랍게도 두 개의 바늘을 찾은 건 일상의 한 부분에서였다. 그것은 내가 가장 먼저 쓰임을 깨달았던 한 개의 바늘과 거의 함께 움직이고 있었다. 원고 작업을 할 때면 어느 때는 내가 생각했던 방향대로 혹은 의도치는 않았으나 훨씬 더 좋은 방향으로 술술 잘 풀려 초고까지 금방 닿기도 하지만 그런 일은 매우 드물다. 대부분의 경우에는 한참 대상 텍스트를 들여다보고, 이런저런 자료를 찾아보고,

생각에 생각을 하다가…… 뜨개와 자수를 한다.

쓰고 있던 글이 같은 자리를 맴돌거나 생각이 더뎌지면 나는 어김없이 바늘을 집어 든다. 실이 걸린 바늘 끝에 집중해서 한 땀 한 땀 편물을 이어 가고 있으면 소란스러웠던 마음이 금세 차분해졌다. 복잡했던 머릿속도 마찬가지다. 걷어 내야 할 것들이 너무 많아서 생긴 생각 체증이 점차 풀리기 시작한다. 꼬임 없이 손을 따라오는 실처럼.

내가 가진 바늘이 비평과 뜨개와 자수에 쓰이고 있다는 사실이 좋다. 비평과 뜨개와 자수는 지금 가장 열심히 내 삶을 굴리고 있는 것들이기도 하니까. 무엇보다 그것이 전부 손으로 하는 일이라서 좋다. 부지런히 손을 놀린 후에야 얻는 한 편의 글과, 한 짝의 양말과, 하나의 소품이 좋다. 나를 움직이게 하는 이 세 개의 바늘은 손에 꼭 쥐고 난 것이라 영영 잃어버리지 않을 것 같지만, 그럼에도 만일 셋 중 어느 것이든 바늘의 일이 시들해진다면, 그래서 하나의 바늘만 남게 된다면, 그것은 비평이었으면 좋겠다고 생각한다. 아마도 그럴 것이라고도. 그동안 만든 색색의 양말과 옷, 손때 묻은 소품들을 곁에 두고 하나의 바늘만은 끝까지 움직이고 있는 나를 상상해 본다. 그 장면이 형통, 대길, 복록, 대통과 같은 단어들을 포함하고 있진 않겠지만 적어도 내가 바라는 안녕과 행복에 가깝다는 건 분명하다.

문어발 인간

어느 한 곳에서만 관심을 두지 않고 여러 곳에 발을 담그는 것을 칭하는 '문어발'은 일상 곳곳에서 흔히 쓰이는 말이다. 이는 뜨개인들 사이에서도 통용되는 언어이다. 뜨개의 세계에서 문어발은 편물 하나에 온전히 집중하지 못하고 또 다른 작품을 위해 캐스트 온(Cast On, 바늘에 코를 만든다는 뜻) 하여 결국 동시에 다수의 뜨개를 진행 중인 상태를 뜻한다.

옷을 뜨고 있으면 왜 수세미, 코스터 같은 작은 소품을 만들고 싶은 건지, 대바늘을 하고 있으면 왜 코바늘을 하고 싶은 건지, 계절은 왜 이리도 빨리 바뀌어서 지금 뜨고 있는 복슬복슬한 가디건은 입을 수가 없게 되어 버린 건지. 문어발 확장의 이유는 이처럼 셀 수도 없이 많지만 아무리 그렇다고 한들 발이 이토록 늘어나서는 안 되는 것이었다.

자가 증식이라도 한 듯 많아진 나의 뜨개 문어발은 실제 문어 다리의 수를 훌쩍 넘기고 말았다. 지금 앉아 있는 이 방을 휘휘 둘러보기만 하더라도 그렇다. 카키색 여름 가디건, 울과 모헤어를 합사한 말린 장미색 겨울 가디건, 종이실로 뜨는 여름 네트백, 베이지색 앵커스 썸머 셔츠, 연보라색 브이넥 니트, 다섯 살 조카 선물용 하늘색 가디건, 카키색 꽈배기 비니, 지난 겨울 한 짝을 완성하고 나머지 한짝은 영원히 진행 중인 양말, 엄마의 요청으로 만드는 수세미까지. 잔소리를 피해 꽁꽁 감춰 둔 것들까지 꺼내면 문어 두 마리쯤은 거뜬했다.

아무래도 문어발이라는 말은 내게 소극적인 표현인 것 같아 다른 말이 있을까 싶어 찾아보았는데, 우리나라에서는 60개의 다리를 가진 문어가 63빌딩 아쿠아리움에 살았었고, 일본에서는 무려 96개의 다리를 가진 문어가 잡힌 적이 있다고 하여 나 또한 그런 문어라고 생각하기로 했다.

나 같은 사람도 있는 반면 대개 보통의 문어발은 서너 개 정도의 뜨개를 동시에 하는 것이 일반적이었고, 어떤 뜨개인은 지금 뜨고 있는 편물을 완성하기까지는 절대로 다른 작품에 캐스트 온 하지 않겠다는 신념으로 오직 일편단심(一編丹心) — 이때의 '편'은 엮는다는 의미이다 — 뜨개를 하기도 했다. 나로서는 그런 사람이 여간 존경스럽고 본받고 싶은 것이 아니었다. 그런 결심을 하지 않았던 건 아니지만 번번이 무너졌고 어느새 나는 새로운 실을 또 다른 바늘 위에 올리고 있었다.

이러한 잦은 뜨개 증식은 나라는 사람에 대해 돌아보게 만든 계기가 되었다. 그도 그럴 것이, 뜨개를 제외하고 나는 무언가에 잘 질리는 사람이 아니었기 때문이다. 작은 실패를 두려워하기 때문에 음식에 있어서 새로운 메뉴는 도전하지 않았고, 음악 감상에 있어서도, 심지어 사람을 만나는 패턴마저 그랬다. 특별한 틈이 발생하지 않는 이상 일부러 두들기거나 허물어 보려는 시도 없이 오래 관계를 유지했다. 그런데 오직 뜨개만이 이렇다고, 뜨개보다 더 오랜 시간 골몰했던 읽기에 있어서도 이렇게까지 발을 늘려 본 적이 없다고…… 생각했는데, 책상 한편에 어지럽게 쌓여 있는, 그리고 모두 읽기를 진행 중인 책들을 발견하고야 말았다. 나는 뜨개 문어인 동시에 독서 문어였던 것이다. 물론 이 독서 문어발에도 저마다의 합리적이고 마땅한 이유가 있다. 지금 나의 문어발 독서 목록은 아래와 같다.

1. 장류진, 『달까지 가자』 (창비, 2021)

나는 코인이나 주식을 일절 하지 않는다. 그 이유는 돈이 없기 때문이기도 하지만 얼마 없는 돈보다는 귀찮음이 크기 때문이다. 한참 주식장이 좋다고 하여 주식 계좌를 만드는 것까지는 성공(하기까지 1년 소요)했으나, 그 계좌로 돈을 이체하는 것이 귀찮고, 차트를 읽는 법이나 용어도 복잡한 주식 공부를 하는 것이 귀찮아서 지금까지 나의 주식 계좌 잔고는 0원이다. 그런데 나를 포함하여 다섯 명으로 구성된 모임 '일개미'(낮에 일하고 밤에도 게임에서 일하는 진성 노동 집단)에서 나머지 네 명은 모두 코인과 주식을 한다. 그것도 꽤 열심히 한다. 최근 친구들과의 대화에서 장발장(가명)은 원금의 46%의 수익을, 남강철(가명)은 원금의 100 퍼센트의 수익을 냈다고 하여 급격한 관심이 생겨 이 소설을 읽는 중이다.

2. 편혜영, 『사육장 쪽으로』(개정판) (문학동네, 2021)

내가 인터뷰어로 참여하고 있는 문학잡지《릿터》30호 인터뷰이는 편혜영 소설가였다. 공덕동의 햇살을 한껏 머금었던 스파인 서울에서의 그의 모습이 아직도 잔상처럼 남아 있다. 대학 시절, 읽는 것이든 쓰는 것이든 계속해서 문학을 '하고' 싶게 만들었던 이름들 중 한 명을 직접 만나 이야기 나누고 힘을 받는 시간이 즐거웠다. 빠렁치는 팬심을 잠재우고자 마침 출간된 개정판을 읽는 중이다. 그러나 뛰는 가슴을 잠재우기란 매우 어렵다. 인터뷰에서 작가가 이 소설에 대해 했던 말, 표정, 목소리 같은 것이 떠올라 설렘이 쉽게 사그라지지는 않는다.

3. 곽은영, 『관목들』(문학동네, 2020)

곽은영의 세 번째 시집이다. 이 시집에 실린 시들은 계절에 대한 시라고 말해도 과언이 아닌데, 사계절의 풍경을 모두 담고 있으면서 늦여름, 초가을, 늦가을과 같은 짧지만 눈여겨볼 만한 시간의 풍경 또한 세밀하게 그려 내고 있기 때문이다. 모든 계절에 읽기 좋겠지만, 시원한 색을 입은 표지 때문인지, 여름에 출간되었기 때문인지 『관목들』은 유독 여름과 잘 어울린다. 여름과 관련된 시 중에서도 가장 좋아하는 것이 있다. 「가정 간편식」이라는 시다. 버섯을 볶고, 배를 갈고, 오이를 썰고, 차가운 소스를 만들어서 국수를 해 먹는 시인데 부쩍 가까워진 여름의 초입에서 꼭 읽어야 할 것 같아 이 시를 시작으로 여름의 시들을 읽고 있다.

4. 미야베 미유키, 『혼조 후카가와의 기이한 이야기』(북스피어, 2008)

낮에는 무슨 책을 읽어도 좋지만 밤에 어울리는 책은 분명 따로 있다는 것이 나의 고집 중 하나이다. 그리고 그런 이야기를 쓰는 작가 중 하나는 미야베 미유키다. 에도 시대를 배경으로 하는 미야베 월드 제2막의 책들을 아직 전부 다 읽지 못했다. 드문드문 맘에 드는 이야기를 골라 몇 권 읽었는데, 같은 인물이 등장하는 시리즈가 몇 개씩 묶여 있다는 것을 알게 되었다. 사실 알게 된 것은 한참 전이지만 시리즈가 방대하여 쉽게 손을 대지 못한 지가 몇 년째다. 『혼조 후카가와의 기이한 이야기』는 미야베 월드 제2막의 네 번째 순서이자 모시치 시리즈의 첫 번째 책이다. 혼조 후카가와에 전해져 내려온다는 일곱 가지 기이한 이야기가 무엇인지 궁금하여 천천히 탐독 중이다.

5. 윤이나, 『지금 물 올리러 갑니다』 (세미콜론, 2021)

음식 에세이를 좋아한다. 세미콜론의 띵 시리즈는 내가 오랫동안 바라 온 음식 에세이 시리즈의 실현이기도 하다. 다음은 어떤 작가일지, 어떤 음식에 대한 이야기일지 기대하며 신간을 기다리는 재미가 있다. 『지금 물 올리러 갑니다』는 라면을 주제로 한다고 하여 더욱 반가웠다. 워낙 라면을 좋아하기 때문이다. 그런데 이 책을 읽고 있자니 라면을 좋아한다고 말하기가 어려워졌다. 모든 음식 에세이가 그러하지만, 윤이나 작가는 정말 라면에 진심이기 때문이다. 이 책에서 윤이나 작가는 '물이 끓는 동안 할 수 있는 가장 효율적인 일은 각자의 방식으로 상을 차리는 것'이라고 말하지만, 나는 물을 올리고 나면 어쩐지 이 책이 생각나서 물이 끓는 동안 책을 읽고 있다. 그것이 나에게는 가장 효율적인 일이라고 생각하면서.

사실 완독한 도서가 한 권도 없다는 변명을 거창하게 늘어놓은 것과 다름없다. 하지만 모른 척 넘어가도 좋을 만큼의 그럴듯한 이유라고 말하고 싶다. 어울리는 시간과 풍경 속에서 읽어야지만 더 효과적으로 읽게 되는 책도 있으니까. 누군가 그 책 어때? 라고 물을 때면 나의 어지러운 문어발 속에서 함께 건져 올린 기억으로 슬며시 웃게 될 수도 있으니 말이다.

그렇다면 문어발 독서는 그렇다 치고, 문어발 뜨개는 뭐냐고 묻는다면 내내 침묵하기로 한다. 예쁜 실은 보는 것만으로도 좋고, 만지면 더 좋은데, 바늘로 짜인 조직은 그보다 더 좋다. 그저 바라보지 못하고 더 좋은 것을 탐내서 벌어진 일이다. 좋아하는 것에는 더욱 마음을 쓰게 된다. 마음만이면 좋을 텐데 손을 뻗고 발을 담그게 된다. 자연스레 다리가 늘어난다.

그러니 지금 나의 문어발은 내가 가장 좋아하는 것들에 대한 방증이라고 할 수 있을 것이다. 더는 늘어나지 않기를 바라는 마음, 언제까지고 늘릴 수 있을 것 같다는 마음이 뒤섞여 어지럽지만 그 와중에 분명한 한 가지가 있다. 그 중 무엇이라도 놓지 않기를 바라는 마음이 그렇다. 좋아하는 마음으로 끝까지 완주할 수 있기를. 나의 여러 다리에게 단단히 일러두기로 한다.

짓기, 읽기, 부르기

사물에 이름을 붙이는 것은 내가 좋아하는 일 중 하나다. 이미 유명한 캐릭터 인형이더라도 나의 반려인형으로서 잘 어울리는 이름을 새로 지어 주고, 식물을 기르는 데에 탁월한 재주는 없지만 간만에 새로 들인 화분에도 이름 하나를 붙여 주면 그렇게 정이 갈 수가 없다. 당장 주변에 있는 것만 봐도 나라는 작명소를 거친 것들이 한둘이 아니다. 일곱 살때 엄마가 사 준 손바닥만 한 곰인형은 아직도 나의 곁을 지키는 애착 인형인데 수백 번을 불렀을 이 친구의 이름은 '곰돌이'다.(너무 단순한 이름이라 얼굴이 화끈거린다.) 꿀벌 옷을 입고 침대에 누워 있는 라이언 인형의 이름은 '윙윙이'고, 생일에 M 시인이 선물로 준 야자나무 화분의 이름은 '그늘이'다. 몇 개만 봐도 알겠지만 나는 독창적 이름

짓기에는 전혀 소질이 없고 매우 직관적인 이름 짓기를 좋아한다. 오래 전부터 미래에 함께할 반려동물의 이름도 미리 지어 두었다. 강아지나 고양이, 혹은 앵무새가 될지도 모르겠지만 덕구야, 하고 종종 불러 본다. 이름을 부르면 가까이에 있는 것만 같고, 그렇게 부르다 보면 언젠가는 정말 내게 올 것 같아서. 아직도 내 곁에 없지만 가끔 생각이 나면 그 이름을 중얼거려 보곤 한다.

이름을 부여하는 대상 중 가장 깊게 고민하는 것이 있다면 아무래도 글의 제목일 것이다. 인형이나 식물, 미래의 반려동물 이름을 지어 줄 때에도 고심하긴 하지만, 글의 제목을 지을 때만큼은 아니다. 나는 한 편의 글을 쓰는 것보다 마지막으로 글의 제목을 붙이는 것을 더 어려워하는 편인데, 왜일까 생각해 보니 그것은 글이 나로부터 멀리 떠나기 직전의 일이기 때문인 것 같다. 동물이나 식물, 사물의 경우는 나와 오래 함께할 것들의 이름을 붙이지만, 글은 이름을 붙이는 순간 송고와 함께 나의 손을 떠나게 되니 말이다.

어떤 이들은 글을 쓸 때 내용보다 제목이 먼저 떠오르기도 한다던데, 나는 거의 마지막의 마지막까지 갈팡질팡하며 제목을 고민하는 까닭에 내가 쓰는 대부분의 글들은 완고까지 하나의 같은 이름만을 갖는다. 바로 워드 프로그램을 실행했을 때의 기본 파일명인 '빈 문서1'이다. 사실 지금까지 쓴 모든 글의 제목은 완성 직전까지 '빈 문서1'이었다.

도무지 제목 짓기를 선행할 수 없어서 붙인 이름이지만 '빈 문서1'은 어느 것보다 문학적이고 비평적인 제목이 아닐 수 없다. 그것은 비어 있으면서 비어 있지 않고, 어떤 이름으로든 불릴 수 있는 상태이기에 나로 하여금 글 전체를 톺아보고 대상으로 삼았던 작품마저도 돌아보게 하기 때문이다. 물론 이 과정을 매번 반복하면서도 마음에 가득 차는 제목을 찾기란 쉽지 않아서 겨우 건져 올린 몇 가지 이름을 이리저리 대어 보고 결정한다. 어쩌면 나만 기억할 수도 있을 이름이지만, 다른 이들에게 더 많이 읽히고 불리는 이름이기를 바라는 마음으로, 글의 맨 앞에 커서를 두고 오랜 시간을 보낸다.

눈치를 챘을 테지만 나는 이름을 붙이는 일을 좋아하기는 하지만 잘 하지는 못한다. 그래서 그럴듯한 이름을 척척 붙이는 이들을 신기해하고 또 동경한다. 남이 붙인 이름에도 관심이 많다. Y 시인의 반려견 이름이 왜 '호두'인지, J 편집자의 반려묘 이름은 왜 '홍시'인지가 궁금했다. 반려동물에 대한 시집 『나 개 있음에 감사하오』나 『그대 고양이는 다정할게요』에 등장하는 이름을 볼 때에도 마찬가지였다. 어쩌다 그런 이름을 붙이게 되었을까. 어쩌다 그런 이름으로 불리게 되었을까.

그런 생각은 간판을 보면서도 계속되었다. 독특한 가게 이름을 명찰처럼 걸고 있는 간판을 읽을 때면 왠지 기분이 좋았다. 간혹 재미있는 간판을 보면 사진을 찍거나 메모를 해 두기도 하는데, 그다지 중요한 것은 아닌지라 금방 잊혀지고 만다. 하지만 뭐 쓸 거 없나…… 하고 이미 다 쓴 지 오래인 노트나 지난 일기장 같은 것을 뒤적이다가 갑자기, 맥락 없이, 덩그러니 적힌 가게 이름을 만날 때면 더없이 반가운 것이다. 가령 2020년 11월 13일 일기장에서 발견한 '꾸꾸루꾸'처럼. 이날은 박서련 소설가를 인터뷰하기 위해 연신내에 갔던 날이고, 사진 촬영 후 인터뷰 장소로 이동하던 중에 발견한 가게였다. 발음도 어려워서 쉽게 기억할 수 있겠나 했지만 연신 되지 않는 발음을 반복하며 '꾸꾸루꾸'를 메모해 두었다. 바비큐 가게 이름은 '훌랄라'나 '꾸꾸루꾸'처럼 경쾌하게 지어야 하는 걸까? 하는 생각도 함께였다.

이름을 붙이는 일만큼이나 이름을 부르는 일 또한 좋아한다. 내가 붙인 이름을 부르는 일도, 열광했던 아이돌 가수의 이름을 되뇌며 '넌 어떻게 이름도 ○○이야…….' 하는 일도, 줄 지어선 간판을 읽는 것도 좋아한다. 하지만 어쩐지, 내 이름이 불리는 건 그만큼 좋아하지는 않는 것 같다. 사회생활을 시작하고, 평가받고 성과를 내야하는 조직의 일부로 자리할수록 이름을 불리는 일이 마냥 유쾌할 수만은 없다는 것을 알게 되었기 때문이다. 직장에서 유독 이름이 자주 불렸던 날이면 일부러 귀가 시간이 긴 경로를 택했다. 시내 곳곳을 도는 버스를 타고 창가에 앉아 집으로 돌아오는 일 내내 눈에 보이는 간판을 모두 중얼거렸다. 그 중에 꾸꾸루꾸 같은 이름이 있다면 한번 웃기도 하면서. 그렇게 다른 이름이라도 불러 보아야 겨우 힘낼 수 있던 날이 있었다.

문득 이 글 너머의 당신을 상상해 본다. 긴 시간은 아니지만 지금까지 글을 쓰면서 나의 글 너머의 독자를 특정해 본 적은 없었다. 어느 시간에, 어떤 표정을 하고 내 글을 마주하고 있을지 가늠하는 것은 생각해 본 적 없는 일이었다. 그러나 지금의 당신이 언제라도 좋을 시간에 조금 지친 얼굴을 하고 있다면, 가만히 이름을 불러 주고 싶다.

문학과 닮은 자수 I
— 체인 스티치

체인 스티치(Chain Stitch)는 면을 채우는 자수 기법 중 하나로 수를 놓았을 때에 잔잔한 입체감이 느껴지는 스티치다. 수를 놓는 방법은 바늘이 나온 자리에서 세로로 바늘을 길게 꽂은 후 실을 바늘의 뒤로 돌려 준다. 실이 바늘을 감싸는 형태다. 이대로 바늘을 뽑아내면 동그란 사슬 하나가 만들어진다. 이를 반복하다 보면 사슬 여러 개의 체인이 이어진다. 간단한 것처럼 보이지만 사슬을 똑같은

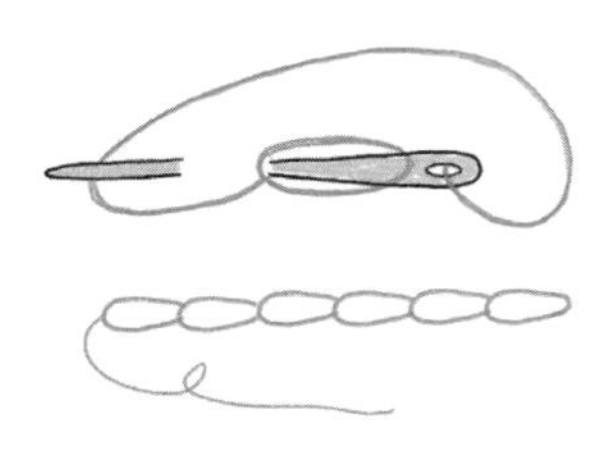

바늘 뒤로 실을 넘겨 감싼다.
바늘을 천천히 빼내어
둥근 사슬을 만든다.

간격으로 만들면서 실을 인정한 모양과 적당한 힘으로 걸어 당겨야지만 고른 형태의 체인이 형성되므로 주의가 필요하다.

체인 스티치는 동그란 면을 채우는 데에 주로 쓰인다. 알알이 맺힌 과일 열매나 챙이 있는 밀짚모자 등을 수놓을 때에 체인 스티치를 이용하면 만족할 만한 결과물을 얻을 수 있다. 얼핏 보았을 때는 여러 개의 동그라미 같지만 사실 한 번도 끊어진 적 없이 단단하게 이어진 고리라는 것이 체인 스티치의 매력이라고 할 수 있다.

종종 시를 읽을 때면 어떤 시는 그 모습이 체인 스티치를 길게 늘어놓은 것 같다는 생각을 한다. 시 속에, 낱낱이 흩어져 있는 시어와 시어 말고는 아무것도 보이지 않는다고 느껴질 때가 있다. 발화자가 시어의 사이사이로 계속해서 빠져나가는 것만 같기 때문이다. 미끄러지듯 모습을 감추는 탓에 다시 여기 이 자리에 남은 건 또 다시 차오르는 시어뿐이라서, 그 사이에는 어떠한 연결고리도 없이 그저 기표만이 부유하는 듯하다. 하지만 화자에게서 발화된 시어들이 떠도는 자리를 들여다보면 분명한 어떤 규칙을 갖고 있다는 것을 알 수 있다. 그것은 단일한 텅 빈 기표가 아니라 시라는 아주 단단한 결속으로 묶여 있는 것이다. 그러니까 "사이와 사이사이에 한 줄의 시가 있다"[4]는 말처럼 말이다.

가끔 생각한다. 2017년 가을, 그때 한참 자수에, 그것도 체인 스티치에 재미를 붙여 끝없는 사슬을 만들지 않았더라면, 실과 바늘로 둥근 걸음을 하지 않았더라면, 한 사람의 시를 '나선의 감각'으로 읽지 못했을지도 모른다고. 연말을 앞두고, 나는 신춘문예에 투고하기 위해 몇 권의 책을 들추었다. 그 중에 이제니의 시집이 있었다. 이제니의 시는 이전에도 여러 번 들여다보며 이런저런 궁리를 하곤 했지만, 그의 시에 나의 글이 정확하게 공명한다는 확신을 갖지는 못했다. 속절없이 시간이 흘러갔지만 뾰족한 수가 없었기에 실과 바늘을 집어 들었다. 그때나 지금이나 주변의 일이 잘 풀리지 않으면 열심히 손을 놀릴 수 있는 일거리를 찾는 것은 같았다. 골몰하고 있던 원단 위 대상은 달팽이 집이었다. 등껍질 위에 등껍질을, 그 위에 또 다른 등껍질을 체인 스티치로 쌓아 갔다. 바깥부터 시작해 안으로 고이는 달팽이집을 천천히 채워 나갈 무렵, 끝없이 물결치는 원형과 나선의 형상이 비단 자수의 일만은 아니라는 생각이 들었다. 그렇게 생생한 움직임으로 다시 읽을 수 있던 시가 있다.

4 이제니, 「태양에 가까이」, 『왜냐하면 우리는 우리를 모르고』(문학과지성사, 2014), 97쪽.

무엇이 왜 어떻게라는 말 대신 그저 그렇게 되었다라고 하자
그저 그렇게 지금 여기에 놓여 있다라고 하자 다만 호흡하고
있다라고 하자 다만 있다라고 하자 다만 멀리서 가깝게
있다라고 하자 물결을 따라 흐르는 소용돌이를 본다라고 하자
소용돌이치며 사라지는 문장이 있다라고 하자 전해지지 않는
말을 들었다라고 하자 끝없이 이어지는 호흡이 있다라고 하자
또 다른 호흡이 또 다른 호흡 속으로 뛰어들고 있다라고 하자
순간의 폭발이 있다라고 하자 다만 소리가 있다라고 하자
다만 호흡이 있다라고 하자// (……) 끝없이 물결치는 원형이
있다라고 하자 끝없이 계속되는 숨소리가 있다라고 하자
소용돌이치며 다가가지 못하는 마음이 있다라고 하자 다시
보이지 않는 당신을 본다라고 하자[5]

"물결을 따라 흐르는 소용돌이" 속 나선의 감각만이 존재하는 공간 안에서도 어떤 '사이'는 끊임없이 발생한다. 사슬과 사슬 사이, 시어와 시어 사이, 너와 나 사이에서처럼 말이다. 그러나 이 '사이'가 있기에 우리는 같은 박자로 함께 호흡할 수 있다. "순간의 폭발"과 같이 느껴지는 호흡이 호흡 속으로 뛰어드는 광경이 가능해진다. 그리고 마주보는

5 이제니, 「나선의 감각 — 물의 호흡을 향해」, 위의 책, 31~33쪽.

호흡으로 인해 우리는 아주 찰나와 같지만 작은 소리를 낼 수도 있다. 미끄러지지 않고 오직 우리의 목소리로 선명하게 맺히는 말이 있다.

나의 글 안에서 나와 등을 지고 고민하고 있던 그때, 자수에서 나선의 감각을 발견하지 못했더라면, 당선작이 되었던 글을 쓸 수 있었을까. 지금처럼 읽고 쓰는 삶을 계속할 수 있었을까. 어쩌면 아닐 수도 있겠다는 생각을 하며 다시 바늘에 실을 꿴다. 수틀로 팽팽하게 당겨진 천에 바늘을 꽂고 실을 돌려 감싸 빼내는 사이, 사슬이 모양을 찾아가는 사이, 이 '사이'는 여전히 나선의 감각을 쥐어 보았던 날을 환기시키고, 동시에 나의 쓰기에 있어 숨을 돌릴 수 있는 잠깐의 시간을 선사한다. 순간이 지나면 끊어지지 않는 둥근 사슬을 가질 수 있다. 그리하여 문학으로부터 멀리 떨어지지 않고 스스로를 단단히 매어 둘 수 있다. 이 단단한 결속이 있어 계속해서 쓸 수 있다.

문학 곁의 뜨개 I

—『후와후와 씨의 뜨개 모자』와 나의 뜨개 모자

히카쓰 도모미의 그림책『후와후와 씨와 뜨개 모자』의 주인공 후와후와 씨는 이름값을 하는 인물이다. 가볍게 뜨거나 부드럽게 부푼 모양을 뜻하는 말인 '후와후와'가 곧 이름이기 때문이다. 우리식으로 말하면……. '보송'이나 '폭신'과 같은 이름이지 않을까? 후와후와 씨는 털실 가게에서 일한다. 주문을 받아 뜨개 제품을 만들고, 뜨개 교실을 열어 사람들에게 뜨개질을 가르쳐 주는 것이 그의 일이다. 사람들이 필요로 하는 것이라면 모두 뜨지만, 후와후와 씨는 후와후와(모자) 뜨기를 제일 좋아하는 것 같다. 그도 그럴 것이 후와후와 씨는 집 안에서는 파란색 후와후와를 쓰고, 출근을 할 때면 회색 후와후와를 쓰고 외출하고, 털실 가게에 도착해서는 빨간색 후와후와로 바꿔 쓴다. 모자의 색으로 나름대로 티피오를 구분하는 셈이다. 그런데 그것들이 색만 다르고 디자인은 모두 같다는 점에서 나는 같은 뜨개인으로서 그가 정말로 모자 뜨기를 좋아하는 모양이라고 확신하고 말았다. 게다가 주문을 받아 만들었던 잉꼬 합창단의 모자가 무려 다섯 개나 되는데도(역시나 같은 색의 같은 디자인) 후와후와 씨는 조금의 따분함도 없이 웃는 얼굴이었으니 말이다.

후와후와 씨 만큼은 아니지만 나 또한 모자 뜨기를 좋아한다. 뜨개로 가장 많이 만든 것도 모자다. 가벼운 면사나 린넨 실로 만든 모자는 봄부터 가을까지 쓸 수 있고, 종이실로 만든 모자는 여름 내내 쓰게 된다. 겨울에는 폭닥거리는 털모자로 추운 계절을 조금 더 따뜻하게 날 수 있다. 모자는 뜨는 방법도 간단하다. 대바늘을 이용하여 평면으로 쭉 뜨다가 머리끝으로 올라갈수록 코를 줄여 여미고 양 끝을 꿰매는 방법, 똑같이 대바늘을 쓰지만 원통 뜨기로 모자의 아래에서부터 위까지 형태를 만들어나가는 방법, 코바늘을 이용하여 정수리 부분부터 모자챙까지 모양을 만드는 방법 등이 있다. 어느 방법을 선택해도 크게 어렵지 않고, 1~2시간이면 완성할 수 있어서 초보가 접근하기에도, 후딱 떠서 선물을 하기에도 좋다.

지금 사계절 내내 뜨개를 하고 있지만 겨울에만 뜨개를

하던 때엔 늘 모자를 뜨는 것으로 계절을 실감하고는 했다. 찬바람과 길거리의 붕어빵, 반짝이는 전구를 두른 트리, 그 모든 것이 겨울의 풍경이었지만, 내게는 손바닥만큼 작은 아기 모자를 뜨는 순간이야말로 정말 겨울이었다. 매년 늦가을 '세이브 더 칠드런'은 신생아 살리기 캠페인이 다시 시작됨을 알린다. 겨우내 아기 모자를 떠서 다음 해 봄까지 보내면 캠페인에 참여할 수 있다. 수거된 모자와 조각담요 같은 물품은 그것을 필요로 하는 나라와 아기들에게로 간다. 저체온 때문에 생후 24시간이 가장 위험하다는 아기들에게로. 털모자가 있다면 아기의 체온을 2℃는 높일 수 있다. 온기를 보호함으로써 생존의 확률 또한 높일 수 있다. 뜨개를 좋아해서 시작했지만, 하나 둘 모자를 완성할 때면 늘 진심이 되었다. 이 모자에 나의 온기가 닿은 곳은 없어. 그러니까 꼭 살아야 해. 모자를 쓴 모르는 얼굴을 그려보며 마음을 담았다.

아기 모자는 써 볼 수도 없는 것이라 한눈에 보기에도 보통보다 조금 크거나 작은 모자를 만들 때면 불안해했다. 그치만 신생아라도 머리가 큰 아기도 있고 작은 아기가 있을 거야……. 그렇게 합리화하며 다시 풀지는 않았다. 몇 번의 겨울을 지나 알맞은 크기의 모자 뜨기에 익숙해질 무렵 조카가 태어났다. 그동안 연마할 실력을 보여 줄 차례였다. 보드라운 분홍색 수면사로 뜬 모자에 곰돌이 귀를 만들어 달았다. 끝이 뾰족한 요정 모자도 만들었다. 유독 머리숱이 없어 다른 아기들보다 더 춥지는 않을까 걱정하는 마음으로……. 염원을 담은 뜨개 덕분인지 모자는 걱정 없이 딱 맞았다. 털모자를 쓴 아기는 상상했던 것보다 훨씬 더 귀여웠는데, 지금까지 나의 모자를 받았던 아기들도 분명 그랬을 거라는 생각이 들었다.

2부

매주 화요일 어느 오후
나를 찾는 벨소리가 울리면

어른이 되고나서는 거의 늘 어린이를 부러워해 왔지만, 또 한 번 어린이를 부러워할 만한 소식을 듣게 되었다. 일부 공공도서관에서는 '어린이 독서통장'이라는 것을 발급해 준다는 기사를 읽은 것이다. 통장이라고 해서 은행에서의 쓰임이 그렇듯 입출금 내역이 찍히는 것은 아니었지만, 책의 대출·반납 기록만은 확실히 기록되었다. 실제 통장과 똑같이 생긴 종이 장부를 열면 대출 이력에 따라 도서명, 대출 일자, 반납(예정) 일자 등이 나란히 찍혀 있는 식이었다. 그러니까 이것은 일종의 도서관 대출 카드 역할을 하는 셈이었는데, 기사에 실린 예시 사진을 보니 더욱 눈이 휘둥그레졌다. 기계로 찍힌 정갈한 도서명과 통장 한 면에 빼곡한 대출 목록을 보고 있으니 마음에 평화가 찾아오는 것만 같았다. 소장하지 않고 빌려 보는 책의 경우엔 어떤 책을 읽었는지 따로 적어 두지 않으면 기억을 잘 하지 못할 때가 있는데, 이렇게 목록화되어 있는 것을 보니 한 사람의 대출 역사(어린이였지만)를 엿본 것 같아 들뜬 기분이 되었다. 아니나 다를까 어린이 독서통장에 열광하는 것은 오직 어른들뿐이었다. 서운한 어른들은 기사 밑에 '뭐야, 나도 해 줘요…….' 하는 댓글을 달았고, 나도 그 댓글에 조용히 공감을 눌렀다.

이제 책을 빌려 보기보다 적극적으로 사는, 읽지는 않아도 일단 사서 쌓아 두는 어른이 되었으니 나와 같은 어른을 타깃으로 하는 상품을 만들어도 좋을 것 같다는 생각이 들었다. 예를 들면 온라인 서점에서 구매 이력에 따라 독서통장을 만들어 주는 이벤트를 하면 어떨까? 매년 출판사마다 모집하는 북클럽 굿즈로 만들어도 좋을 터였다. 분명 통장의 모든 면을 채우기까지 그리 오랜 시간이 걸리지 않는 어른들이 많을 것 같았다.

어린이 독서통장에 대한 부러움은 나를 자연스럽게 유년의 한 시절로 데려다주었다. 매주 책을 여러 권 빌려 보는 것으로 나는 가족 내에서 다독왕 타이틀을 획득할 수 있었는데, 꾸준히 책을 대출할 수 있었던 이유는 일주일에 한 번씩 아파트 단지로 이동도서관이 찾아왔기 때문이었다.

매주 화요일 오후 3시 30분이면 경쾌한 음악소리와 함께 아파트 앞에 서던 이동도서관을 처음 본 순간을 잊지 못한다. 주차를 하기 전까지만 해도 작은 승합차였던 것이 사서 선생님의 빠른 손길로 금세 수백 권의 책을 뽐내는 도서관으로 바뀌었다. 나의 첫 트랜스포머는 자동차로 변신할 수 있는 로봇이 아니라 도서관으로 변신할 수 있는 자동차였다.

이동도서관을 이용하기 위해서는 독서회원카드가 필요했다. 어린이는 직접 카드를 만들 수 없었으므로 엄마의 이름을 빌려 독서회원카드를 발급받았다. 생에 가져 본 첫 카드였다. 어린이 독서통장만큼은 아니지만 그 시절의 독서회원카드는 꽤나 멋졌다. 무엇보다 대출 이력이 수기로 빼곡하게 적힌다는 점에서 다독의 증거나 다름없었기에 나에게는 제법 소중했다.

독서통장을 만들지 못한다면 독서회원카드를 다시 보고 싶다는 생각이 들었다. 이제는 내 이름으로도 발급받을 수 있겠지. 하지만 언젠가부터 내가 살던 아파트로는 이동도서관이 더 이상 방문하지 않았고, 이제는 나도 그 아파트에 살지 않으니 만날 수 있는 방법이 없었다. 기억 속엔 선명한데 다시는 볼 일이 없다고 생각하자 아쉬움이 커졌다. 인터넷 검색으로 이미지라도 찾아보려 했으나 워낙 오래전의 일이라 그런지 이동도서관의 모습도, 독서회원카드의 흔적도 쉽게 찾을 수 없었다.

그로부터 얼마 지나지 않아 나는 독서회원카드와 우연찮게 다시 만나게 되었다. 난데없이 방 청소를 해야겠다고 마음을 먹었던 어느 날, 어릴 적 사진을 모아 둔 앨범 안에서였다. 심지어 앨범을 보려고 했던 것도 아니었는데 무언가 발치에 툭 떨어졌다. 마치 '나 여깄어!' 하고 소리치듯. 손바닥보다 작은 크기의 흰색 독서회원카드였다. 니가 왜 거기서 나와……. 싶었지만 몹시 반가운 마음이 들었다.

카드 앞장에 적힌 회원 번호와 엄마의 이름, 집 전화번호와 함께 4회차라는 카드 발급 정보가 기재되어 있었다. 독서회원카드의 대출 확인란은 총 40번까지로 3회차까지 카드의 모든 칸을 채웠더라면 120번 이상은 대출을 한 셈이었다.(역시 다독왕이었군…….) 4회차 독서회원카드는 발급 받은 지 얼마 되지 않아 쓸모가 없어졌던 것인지 대출 기록이 4번까지밖에 남아 있지 않았다. 6권, 7권, 5권, 5권. 네 번 동안의 대출 권수를 짚어 가며 그 옆에 적힌 사서 선생님의 반납 확인 서명을 보니 마치 20년 전의 이동도서관의 차 안에 서 있는 기분이 들었다. 항상 팔 토시를 끼고 서가를 정리하던 사서 선생님과

차에서 났던 묵은 책 냄새, 바깥 서가에 꽂혀 있는 어른들의 책을 기웃거렸던 호기심 많던 걸음까지 단번에 떠올랐다.

※알아두실 사항

1. 본 카드는 본인과 가족만 사용할 수 있습니다.

2. 대출기간 및 권수

* 기간 : 7일(1주후 같은 요일, 장소, 시간)

* 권수 : 1~3회(3권 이내 :단행본)

4~10회(6권이내)

11회부터(10권이내)

* 반납실적이 좋은 우수독자에 한합니다.

3. 2회이상 반납이 지연되었을 경우 대출을 제한받습니다.

4. 도서를 분실, 훼손하였을 경우 본인 또는 보호자가 변상하셔야 합니다.

5. 거주지를 변경하실 때에는 빌려 가신 도서와 본 카드를 반드시 반납하셔야 합니다.

6. 이동도서관을 내실있게 운영하기 위하여 도서를 기증받고 있으니 이용자 여러분의 많은 협조를 바랍니다.

그때 독서회원카드의 맨 뒷장은 나에게 엄격한 규칙과 마찬가지였다. 빌려 온 책을 다 읽고 나면 카드의 뒷장을 다시 읽어 보며 다음 주엔 어떤 책을 빌릴지 고민하는 것으로 남은 한 주를 보냈다. 최대 10권까지 책을 빌릴 수 있던, 반납 실적이 좋은 우수 독자였던 것이 마냥 뿌듯하고 자랑이었던 시절이었다.

이것 또한 1990년대 후반과 2000년대 초반을 지나온 이만 아는 추억이려니 싶었다. 그 후로는 한 번도 이동도서관을 본 적이 없으니 당연한 것이기도 했다. 그러나 얼마 전 아직도 새마을문고 안양시지부 이동도서관은 활발하게 안양 곳곳을 운행 중이며, 작은 승합차가 아닌 대형버스로 바뀌어 더 많은 책을 취급한다는 사실 또한 알게 되었다. 사라진 줄로만 알았던 이동 도서관이 더 큰 규모로 운영 중이라니……. 덩치가 더 커졌음에도 내 눈에는 단 한 번도 띄지 않았다는 것이 놀라웠고, 기억 너머에만 존재하는 것이 아니라 여전히 ing라는 사실이 반가웠다.

아무래도 시대가 바뀌었기에 더 이상 수기로 쓰는 독서회원카드는 발급하지 않을 테지만, 이동도서관을 반기던 20년 전의 설레는 마음만은 변하지 않았기에 언제라도 방문해 볼 생각이다. 내가 찾아갈 수 있는 자리에 아직 남아 있다는 것에 고마워하며 말이다. 도서관을 찾는 걸음엔 더는 쓸 수 없는 독서회원카드도 함께할 것이다.

책상 밑 책장

문보영의 『일기시대』를 읽으며 나도 내 방을 그려 보고 싶어졌다. 문보영 시인은 이 책 안에서 여러 번 자신의 방을 그렸는데, 남의 방 구조를 여러 번 보고, 그 방에서 누군가가 양말을 벗어 놓는 자리까지 알아 버리니 그의 방이 나의 방보다 익숙하게 느껴졌기 때문이다. 무슨 말이냐 하면 누군가가 나에게 나의 방을 그려 보라고 하면 선뜻 그리지 못하고 머뭇거리겠지만, 문보영의 방을 그려 보라고 하면 창문이 있는 위치를 알고 익숙하게 침대나 책상, 책장 같은 것을 배치할 수 있게 되었다는 것이다.

이미지의 힘이 이렇게나 크다고 중얼거리면서 내 방을 그려 보기로 한다. 한번만 그릴 테지만 이 글을 읽는 누군가는 자신의 방보다 소유정의 방이 더 익숙해질 수도 있을 것이다. 내 방은 이렇게 생겼다.

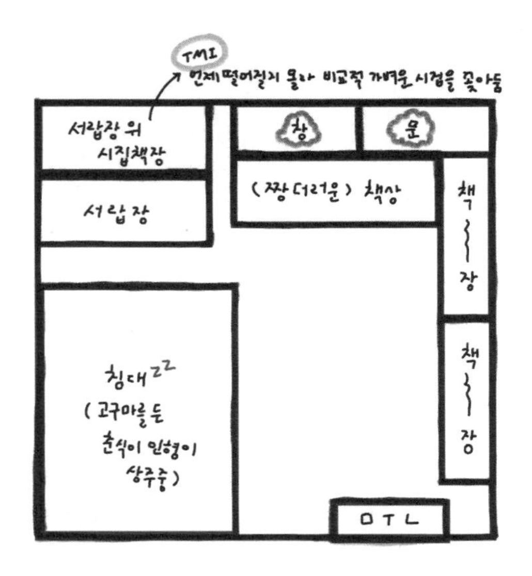

전혀 특별할 것이 없어 보이는 방이지만 사실 내 방의 특별한 공간은 이 도면만 보고는 알 수가 없다. 특별히 이 글을 읽는 이를 위해서 내 방의 특별한 공간을 소개하려고 한다. 내 방의 특별한 공간은 이렇게 생겼다.

책상과 연결되어 있는 책장의 아랫부분에 해당하는 책상 밑 책장은 내 방에서 가장 특별하고도 은밀한 공간이다. 이 은밀한 공간은 오렌지색 체크무늬 천으로 한번 감싸져 있는데 그 안에 무엇이 있느냐 하면……

실이 있다. 책은 없고 뜨개실과 자수실이 있다. 산더미 같은 실을 껴안고 산다고 엄마에게 혼나고 싶지 않아 감춰 둔 것들이다. 책상을 갖게 되면서부터 나는 책상 밑 책장을 비밀 장소쯤으로 여기고 숨기고 싶은 것들을 이곳에 두곤 했다. 나만의 책상을 갖게 된 것은 중학생 때부터였는데, 중학생 때이 공간엔 아이돌 팬픽을 묶은 팬북이 있었다. PVC 필름은 교과서 대신 소중한 팬북을 감싸는 데에 쓰였다. 반질반질한 비닐 옷을 한 겹 입은 팬북을 책상 밑 책장에 봉인해 두고 생각이 날 때면 슬쩍 책상 밑으로 들어가 스탠드 불빛에 의지해 한 장 한 장 읽어 나가곤 했다.

그러고 있으면 문득 나와 같은 취미를 즐기는 친구들도

책상 밑 책장을 은밀한 공간으로 삼을까 하는 생각이 들었는데, 그로부터 얼마 지나지 않아 놀러간 친구의 집에서 의문을 해결할 수 있었다. 어머니가 내어 주신 간식을 나누어 먹고 친구의 방에 들어서자 그 애는 방문을 닫고 "보여 줄 게 있어."라고 속삭였다. 나는 고개를 끄덕였다. 그것이 무엇인지 알고 있었기 때문이다. 나는 케이팝 아이돌을 좋아했고, 친구는 제이팝 밴드를 좋아했지만 팬픽을 읽는다는 것과 팬북을 모은다는 취미는 같았다. 친구의 집에 놀러간 것도 그렇게나 재밌다던 팬북을 구경하기 위함이었다.

친구는 곧장 책상 앞으로 가 넣어 둔 의자를 빼내었다. 그리고 몸을 숙여 책상 밑으로 들어갔다. 역시나 같군. 동지애란 이런 것일까 생각하며 나는 소리 내어 웃다가 이내 조금 놀랐다. 친구의 책상 밑 책장은 정말로 은밀한 장소라고 칭해도 좋을 정도였다. 문이 있었고 열쇠로 보안할 수도 있었다. 나의 책상 밑 책장은 자물쇠는커녕 문도 없는데. 그곳에 문이 있다면 비밀을 들키지 않기를 바라는 알량한 마음의 문뿐이었다. 친구의 책장에 단지 문이 있다는 이유로 그 안에 있을 것에 대한 기대가 더욱 커졌다. 왠지 정말로 은밀한 내용만 가득한 책들이 있을 것 같았고, 그 애가 열쇠로 열어 보인 곳에는 정말로 그런 책들만이 있었다.

그런데 언제부터 내게 책상 밑 책장이 은밀한 공간이었냐고 묻는다면 그것은 꼭 나만의 책상을 갖게 된 무렵이라고는 할 수 없을 것 같다. 그보다 조금 앞이거나 비슷할 무렵부터라고 할 수는 있겠지만. 책상 밑 책장에 대한 기억은 오빠의 책상을 시작으로 한다.

열 살 터울인 오빠의 책장은 언제나 미지의 세계였다. 이름도 어려운 공대 전공 도서들이 대부분이었지만 책상 밑 책장에는 일본소설들이 많았다. 그 중에서도 중복되는 이름이 있었는데 바로 무라카미 하루키였다. 얼마나 재밌기에 오빠의 책장 한편을 이렇게 채우고 있는 걸까 궁금해하며 제목을 훑었다. '상실의 시대', '태엽 감는 새', '해변의 카프카'……. 그런 제목들을 가진 책이 어쩐지 멋져 보였다.

어느 날은 (오빠가 읽는 책이니 엄청 어렵겠지만) 궁금한 마음에 『해변의 카프카』 상권을 꺼내 들었다. 오빠는 양손으로 책을 펼쳐 읽는 것을 절대 허용하지 않으므로, 한손으로 책등을 조심스레 감싸며 책장을 넘겼다.

아버지와 살고 있는 카프카라는 남자아이는 열다섯 생일이 되던 해 집을 나가기로 결심한다. 그리고 시외로 향하는 버스에 오른다. 여기까지는 전혀 어려운 이야기가 없어 계속해서 책장을 넘길 수 있었다. 카프카와 대화하는 까마귀 소년이라는 인물의 목소리가 생경했지만, 곧 그가 카프카가 만들어 낸 가상의 인물이자, 카프카 내면의 목소리라는 것을 알 수 있었다.

문제는 버스에서 만난 스물한 살 누나 사쿠라가 카프카의 옆에 앉은 이후부터였다. 성인 여성의 몸을 곁눈질 하는 카프카의 시선이나 그의 눈으로 묘사되는 사쿠라의 몸이 더없이 은밀하게 느껴졌기 때문이다. 얼굴이 홧홧해지는 느낌에 서둘러 책을 덮고 그것이 있던 자리에 그대로 꽂아 둔 후에도 부끄러운 마음은 좀처럼 사라지지 않았다. 이런 책을 보다니 우리 오빠 정말 변태인가 봐…… 엄마한테 말해야 하나…….

오만 가지 생각이 다 드는 와중에도 이상하게 눈길은 자꾸만 책상 밑 책장을 향했다. 처음 만난 어른의 책, 처음 만난 무라카미 하루키의 소설은 그렇게 내게 강렬한 인상을 남겼다. 그 이후로도 오빠가 없을 때면 나는 슬쩍 책상 밑 책장을 찾곤 했다. 보는 사람도 없는데 괜히 주위를 두리번거리고 헛기침을 하며 『해변의 카프카』를 마저 읽고, 『상실의 시대』를 읽었다. 『상실의 시대』 역시 열세 살의 나에게는 절대 잊을 수 없는 기억으로 남아 있다.

결혼을 하면서 오빠는 자신의 책상 밑 책장에 있던 무라카미 하루키의 책들을 함께 가져갔다. 그 책들이 상자에

담기기 전, 고민을 하다 『상실의 시대』를 슬쩍 빼서 나의 책상 밑 책장에 꽂아 두었다. 지금 내 방 안에는 두 권의 『상실의 시대』가 있다. 한 권은 오빠의 책장에서 가져온 것이고, 한 권은 2017년에 새로이 출간된 『노르웨이의 숲』이다. 두 권의 책이 놓인 자리는…… 책상 밑 책장, 뜨개실과 자수실이 담긴 상자 너머에 있다. 이것은 내가 말할 수 있는 비밀 가운데 가장 큰 것이다. 더 이상 그곳에 있지 않아도 괜찮지만, 왜인지 『상실의 시대』는, 『노르웨이의 숲』은 책상 밑 책장에 있어야 할 것만 같다.

맛으로 기억하는 이야기

어떤 책은 구체적인 감상보다 그저 '맛있다'로 기억되고는 한다. 가령 오래전 읽은 그림책 중에서는 『꼬마 검둥이 삼보』가 그렇다. 숲속에서 호랑이 떼를 만난 삼보는 가진 옷을 모조리 다 빼앗긴 채 나무 위로 도망간다. 그런데 호랑이들은 삼보의 옷을 두고 신경전을 벌이며 나무를 중심으로 서로의 꼬리를 쫓아 빙글빙글 돌기 시작한다. 꼬리를 쫓는 속도는 점점 더 빨라졌고 눈에 보이지 않을 만큼 빨라진 호랑이들은 결국 녹아 버리고 만다. 나무 밑에는 도넛 모양의 버터 웅덩이가 생겼고, 맛을 보았더니 너무나 달콤해서 삼보와 가족들 모두가 행복한 식사를 했다는 것으로 이야기는 끝난다. 호랑이가 녹아 만들어진 버터라니. 어떤 맛일지 상상조차 되지 않았지만, 그림책

속 노란빛의 버터는 언제보아도 맛있어 보여서 여러 번 그 맛을 상상해 보고는 했다. 『꼬마 검둥이 삼보』를 좋아했던 어린이들이라면 모두 그랬을 것이다.

하재연 시인도 같은 마음이었을까? 그의 두 번째 시집 『세계의 모든 해변처럼』에서 「꼬리 달린 이야기들」을 만났을 때는 유독 기뻤다. 맛에 맛을 더하는 이야기라서 그랬다.

미움과 기쁨에 관해서라면
단순하고 아름다운 꼬리들만큼
저마다의 세계에서는 분명한 이야기들도
고양이가 돌고래를 만나듯이
돌고래가 원숭이를 만나듯이
원숭이가 고양이를 만나듯이
순식간에 꼬리가 꼬리를 잡고
맛 좋은 버터처럼 녹아내린다.

(……)

이야기는 나무말의 잔등을 뛰며
세계의 사촌, 이모, 삼촌들에게로 건너갔다.
호랑이가 맛있는 버터로 녹아내린 건

힘세고 아름다운 꼬리를 사랑했기 때문.

검둥이 삼보는 호랑이가 녹아서 된 핫케이크를 사랑했지.[6]

지하철역에서 파는 델리만쥬처럼 냄새가 더 맛있는 음식이 있듯이 어떤 음식은 글의 맛이 더 좋기도 하다. 『꼬마 검둥이 삼보』를 읽은 뒤, 빵 위에 올라간 노랗고 네모난 조각이 버터라는 것을 알고 엄청난 기대를 품었지만 막상 먹어 보니 상상만큼 맛이 있지는 않았다. 버터도 버터 나름인 걸까 아니면 호랑이가 녹아 만들어진 버터가 아니어서 그런 걸까 갸우뚱했지만 어떤 버터를 먹어 보아도 그냥 그랬고 오로지 『꼬마 검둥이 삼보』를 읽을 때 상상했던 버터의 맛만이 가장 좋았다. 그 이후로도 나의 미각을 자극하는 그림책이 몇 권 더 있었다. 조미료 통으로 가득 차 있던 도날드덕 스크루지 아저씨의 다락방이 그려진 『단추로 끓인 수프』라든가 스파게티를 너무 좋아하는 신부가 나오는 『스파게티라면 지지 않아』와 같은 책을 보며 입맛을 다시곤 했다. 자려고 누울 때면 알지도 못하는 맛들이 자꾸만 떠올랐다.

훌쩍 커 버린 지금도 크게 다를 것은 없었다. 다른 어떠한

6 하재연, 「꼬리 달린 이야기들」, 『세계의 모든 해변처럼』(문학과지성사, 2012), 72~73쪽.

감상보다도 '그 책 참 맛있었지.' 하는 기억이 지배적인 책이 종종 있다.

황정은의 『百의 그림자』에 나오는 음식들은 가짓수도 많다. 배가 고픈 야심한 밤이면 메뉴판을 들여다보는 심정으로 이 책을 꺼내 들었다. 냉면, 갈비탕, 샌드위치와 우유, 닭튀김, 메밀국수, 조개탕, 군밤……. 그것들을 눈으로 먹고 후식으로는 청포도 껌을 씹었다. 황정은이 그리는 사랑 이야기는 녹아 버릴 것처럼 달달하지는 않지만 무심하면서도 입맛을 당기는 구석이 있다. 말하자면 평양냉면과 같다고 할까? 자칫 심심할 수 있는 빈 자리들을 은교와 무재가 함께 먹은 음식들이 채워 주었다. 삼삼한 연애에 맛있는 음식들이 더해지자 간이 딱 맞게 느껴졌다.

배수연의 『조이와의 키스』는 "캔버스를 삶고 물감을 굽고 기름을 바르고 커튼을 담그고 앵무새를 튀기고 촛불에 양념장을 칠하는 그런 시간"(「유나의 맛」)을 선사하는 시집이다. 유나가 그림을 그리던 손으로 밥을 짓는 풍경을 묘사하면서 그림 그리기와 밥 짓기는 다르지 않은 풍경으로 겹쳐진다. 두 행위는 다름으로 분리되지 않고 그림의 재료와 요리의 재료가 하나로 어우러진다는 점에서 '유나'만의 독특한 맛으로 감각된다.

또 한 가지. 편혜영의 『소년이로』에 수록된 단편소설

「우리가 나란히」에는 두 사람이 나란히 앉아 초밥을 먹는 장면이 나온다. 친구 사이인 '나'와 '우지'가 오랜만에 함께 하는 식사다. 열심히 초밥을 먹던 우지는 '나'에게 불쑥 연어초밥 하나를 건넨다. 오도로는 없냐는 '나'의 물음에 우지는 코웃음을 치며 자신은 좋은 건 먼저 해치우는 타입이라고 응수한다. 심각한 알코올 의존증을 앓고 있기에 술을 마시지 않으려 끊임없이 무언가를 씹고 먹어야 하는 우지이지만, 친구에게는 맛있는 오도로는 아닐지라도 연어초밥 하나라도 건네는 마음이 있다. 그 마음만으로도 충분히 맛이 있었다.

이런 이야기를 묶어 웹진《비유》에 짧은 글을 싣기도 했다. 이야기를 기억하는 방식에는 여러 가지가 있겠지만, 내게 그 중 하나는 지금껏 말해 왔듯이 어떤 '맛'이었고, 그런 맛이 종종 생각나고 꺼내 먹고 싶은 순간들이 있었기 때문이다. 글의 맛 때문에 실제로 식욕이 돋는 순간은 더러 있었지만, 언젠가는 진짜 음식을 먹고 있어도 눈으로 먹던 그 맛이 더 생각나기도 했다. 지하철역에서 파는 델리만쥬처럼 냄새를 이기지 못하는 맛이 있듯, 활자를 이기지 못하는 맛 또한 존재했다.

읽는 이로서는 맛으로 이야기를 기억하는 것이지만, 쓰는 이라면 어떨지 궁금했던 적이 있었다. 이렇게 맛있는 장면은 어떻게 쓰게 된 거야, 모든 이야기가 끝난 후에도 입안에 남는 이 맛을 도대체 어쩔 거야! 하고 호들갑을 떨다가 한 소설책의 말미에 실린 작가노트를 읽었는데 놀랍게도 거기에 대답이 있었다.

> 텔레비전에서는 재미있는 것이 하지 않았고 다시 뜨거운 물을 부어 녹차를 마셨다. 호텔을 올라올 때 들른 백구당에서 산 팥이 들어간 파이를 우유와 먹었다. 이 빵에는 '팥이 들어간 파이'가 아니라 다른 이름이 있을 것이다. 기억은 잘 안 나지만 팥만쥬 같은 거 아닐까? 여섯 개인가가 들어간 이 빵을 처음엔 다 못 먹을 것 같아서 한두 개만 살 수 없냐고 했는데 이건 맛있는 빵이라고 금방 다 먹는다고 해서 다 못 먹고 버릴 생각으로 샀다. 그런데 먹자마자 맛있었고 소설을 쓰며 하나씩 먹어야겠다고 생각했다. 나는 그걸 먹으면서 맛있어서 등장인물에게도 먹였다. 내가 먹던 것을 너도 먹어.[7]

소설을 쓰며 맛있는 빵을 하나씩 먹었고, 정말로 맛있어서 등장인물에게도 먹였다는 것에서 나는 박솔뫼의 소설에 대해 또 작가에 대해 마음 깊이 지지할 수밖에 없게 되었다.

7 박솔뫼, 「작가노트」, 『인터내셔널의 밤』(아르떼, 2018), 124~125쪽.

내게 '맛있다'로 기억되는 이야기는 인물과 내가 그 좋은 맛을 나누고 있다는 느낌 때문이었는데, 쓰는 이 역시 맛있는 것을 등장인물에게 나누어 주려는 마음이 있었기 때문에 우리의 공유가 가능했다는 것을 알아 버렸으니 어쩌면 당연한 결과인지도 모르겠다.

나누려는 마음 없이는 더 좋음을 느끼지 못하는 것이 있다면 바로 이야기와 맛이 아닐까. 그 모든 걸 읽기로써 조금씩 나누어 받을 수 있어서, 또 이렇게 쓰기로써 다시 나누어 줄 수 있어서 기쁜 마음이다.

혼자서 몰래 작성해 보는 목록이 있다. 『단순한 진심』의 수수부꾸미, 『경애의 마음』의 옥수수, 「눈으로 만든 사람」의 만두, 『유원』의 햄버거, 『친애하고, 친애하는』의 삼계탕, 『나의 사랑, 매기』의 치킨……. 2019년 가을, 편집자 J와 함께 문학 속 맛기행을 주제로 〈맛대맛: 문학의 맛을 찾아서〉라는 행사를 한 이후부터였다. 행사의 기획자였던 M 시인의 "하고 싶은 거 다해……." 라는 말에 가장 신나게 이야기할 수 있는 게 뭘까 생각하다 고민 없이 맛있는 음식을 떠올리게 하는 책 이야기를 하기로 한 것이다. J 편집자와 나는 각자 먹고 싶은, 아니 읽고 싶은 책을 잔뜩 가져다 그 책 안에서 어떤 음식이 얼마나 맛있게 쓰였는지를 두고 열띤 토론을 벌였다. 맛있네, 참 맛있지, 맛있겠다……와 같은 소리를 연신 하며 진정한 맛집은 역시 문학임을 실감했다. 이 세상에 맛있는 것은 참 많지만 그것들이 모두 모여 있는 곳은 바로 문학 안이었고, 당신이 찾는 맛이 모두 이 안에 있으리라는 것도. 그러니 맛집 지도를 그려 봄 직했다. 아직은 누구에게도 공개한 적 없지만 언젠가 때가 오리라고 믿고 있다. 나의 문학 맛집 지도를 공개하고 문학계의 백종원이 될 그날을…….

책을 대하는 몇 가지 자세

—독서 과속방지턱과 기억 책갈피

편의성과 접근성이 좋아서, 그리고 매월 다른 굿즈에 넘어가서 온라인 서점을 애용하긴 하지만 못지 않게 오프라인 서점에 가는 것도 좋아한다. 책이 있기 때문이라는 것이 가장 큰 이유일테지만 책을 읽는 사람이 있다는 이유로도 서점에 가기를 즐긴다. 활자에 골몰한 사람의 얼굴은 그 자체로 유일한 분위기를 갖는다. 하지만 내가 책을 읽는 얼굴만큼이나 관심을 갖는 것은 책을 대하는 자세다.

여기 책장 앞에서 책을 고르는 한 사람이 있다고 가정해 보자. 그가 한 권의 책을 꺼내 든다. 어떤 분야의 책이라도 상관없다. 책을 꺼내 든 그가 표지를 지나 가장 먼저 눈길을 두는 곳은 어디일까? 책의 구성에 따른 목차를 먼저 확인할 수도 있고, 곧장 본문의 첫 문장으로 갈 수도 있다. 아니면 책장을 스르륵 넘겨 유독 시선을 이끄는 곳에 멈출 수도 있고, 편집자의 고심의 흔적이 고스란히 드러나는 뒤표지의 문구이거나 추천사일지도 모르겠다. 시선이 머무는 자리도 중요하지만 책을 들고 있는 손 또한 눈여겨볼 만하다. 한손으로 책등을 감싸고 있는지, 양손으로 책을 펼쳐 보고 있는지, 책장을 넘길 때에는 어느 손가락을 이용 하는지와 같이 말이다. 물론 이 모습들에 정답은 없다. 다만 나는 사람의 성격에 따라 유형을 나누는 MBTI 검사처럼 책을 대하는 자세에 따른 분류 또한 가능하다고 생각할 뿐이다. 내 소유가 아닌 책과 내 것인 책을 대하는 자세는 또 얼마나 다른가.

서점을 나와 카페에 간다. 커피 한잔을 시키고 빈 자리에 앉아 읽을 책을 꺼내 든다. 주위를 둘러보면 책을 읽고 있는 사람들이 몇 명 있다. 책장을 넘기는 것 외에는 더 이상 책에 손을 대지 않고 읽는 행위 자체에 집중하는 사람도 있는 반면, 책에 밑줄을 치거나 부분을 옮겨 적기도 하고 정성스럽게 표식을 남기는 사람도 있다. 나의 경우는 후자에 속한다. 후자의 행위에서 중요한 것은 무엇을, 어떻게 남기는가에 대한 것일 텐데, 저마다의 방법이 있겠지만 여러 시도를 거쳐 고착화된 나의 습관은 다음과 같다.

우선 무엇을 남기는가. 책을 읽는다는 것은 하나의

여정과도 같다. 여행은 늘 새롭다. 우리 손에 쥐어진 책이 매번 다른 지도의 역할을 하기 때문이다. 비슷한 것처럼 보일지라도 지도에는 저마다의 다른 풍경이 있다. 어떤 여행에서 처음의 걸음은 느릿하지만 어느 곳에선가 가속도가 붙는 구간이 있다. 다음 이야기가 궁금해서 빠르게 책장을 넘기게 하는 그 부분에 나는 작은 표시를 남긴다. 걸음을 재촉하게 만드는 아주 중요한 부분에 과속방지턱을 세우는 셈이다. 혼자서는 이를 독서 과속방지턱이라 부르기도 한다.

사실 급격한 재미로 생기는 과속방지턱은 매우 귀하다. 대부분은 갈림길 앞에 생긴다. 이를테면 윤리적, 도덕적 판단을 하게끔 하는 작품이나 인물들 앞에서. 그것이 옳거나 그른지, 그렇다면 이유는 무엇인지. 그런 판단을 내릴 수 있는지 스스로에게 던져지는 물음 같은 것. 독자로서 나의 판단을 유도하는 갈림길 앞에서, 이 책이 독자로 하여금 쉽게 발을 떼지 못하고 머뭇거리게 하는 그 지점에서 나는 과속을 멈추고 음미하고자 잠시 독서를 멈추고 방지턱을 세운다. 이것을 어떻게 넘어야 할까, 어느 길로 가야 할까 고민하다 마침내 어떤 길을 선택하여 여행을 마친다고 해도, 방지턱이 제 기능을 상실하는 것은 아니다. 다음에 이 책을 다시 만난다면 나는 또 같은 자리에 멈춰 설 것이다.

그때의 선택이 지금과 같을지에 대해서는 확언할 수 없다. 같은 자리에서 여러 번 고민하다 다른 길로 들어설지도 모를 일이다. 나는 가끔 이 자리에 다른 이를 세우기도 한다. 아직 책을 읽지 않은 사람에게 흔적을 남겨 둔 책을 건네는 식이다. 그가 내가 만들어 둔 과속방지턱 앞에 잠시 멈춰 주기를, 나와 같은 고민을 하기를 바라는 마음으로.

무엇에 대해 어떻게 남기느냐는 도구의 문제다. 어떤 이는 밑줄을 긋는 방식으로 연필을 사용하기도 하고(=나), 눈에 띄는 하이라이터를 사용하기도 하고, 얇은 마스킹테이프를 이용하기도 한다. 삐뚤빼뚤하게 줄을 긋는 것이 싫어 자를 활용하는 사람도 있다(=나). 책등을 평평하게 펼쳐 책을 보는 것은 상관없지만, 책장이 접히는 것은 싫어하는 나는 최대한 책 끝을 접지 않고 포스트잇 플래그를 사용한다. 단, 중요한 것은 책 표지의 톤과 같거나 최대한 비슷해야 한다는 것이다. 그러니까 최은영의 『내게 무해한 사람』에는 노란색 플래그를, 박솔뫼의 『우리의 사람들』에는 초록색 플래그를, 김복희의 『희망은 사랑을 한다』에는 하늘색 플래그를 붙여야만 한다. 만약 지금 내가 가진 플래그에 같은 색이 없다면 책 끝을 접는 대신 쪽수를 따로 적어 두었다가 나중에 플래그를 붙이기도 한다. 이상하고 고집스럽다고 생각하면서도 고칠 마음은 없다.

건너편에서 책을 읽던 이가 갈 채비를 한다. 책을 감싸고 있던 띠지를 걷어 내어 납작하게 꾹꾹 눌러 접고는 읽던 부분에 끼워 넣는다. 그 모습을 보고 슬며시 웃었다. 당신은 나와 같은 방법으로 책갈피를 만드는 군요. 속으로 그런 말을 건네기도 했다. 가름끈이 없는 책에서 띠지는 유용한 책갈피가 된다. 책에 온전히 둘러진 상태 그대로 보존되면 좋겠지만 가방 안에서, 책장 사이에서 찢어지고 해질까 봐(라는 핑계로) 책 안에 숨겨 두는 방식을 택한다.

읽었던 책들을 다시 꺼내어 보면 간혹 띠지가 아닌 그날의 기억으로 만든 책갈피가 나오기도 한다. 그러니까 내게 있는 기억 책갈피는 이런 것이다. 유희경의 『당신의 자리-나무로 자라는 방법』 사이에는 「꽃밭」이라는 시가 적힌 종이가 있다. 해당 시집의 낭독회에서 참여자들은 수록 시를 돌아가며 한 편씩 읽어야 했는데 그때 내게 주어졌던 시가 바로 「꽃밭」이었다. 그 여름 무성하던 시절은 열매를 들켰네, 하고 시작하는 시를 여러 번 중얼거리며 낭독했던 기억으로 만들어진 책갈피다. 손미의 『사랑해도 될까』 사이에는 사람과 사랑에 대한 질문들로 채워진 큐시트가 있다. “사랑에서의 균형에 대해서 어떻게 생각하시나요?” 묻고, 계속해서 쓰게 만드는 동력으로 사랑을 꼽아 말 그대로 온통 사랑으로 채워진 것이다. 진행자로 함께했던 낭독회에서 시인과 나누었던 대화를 떠올리게 하는 기억이 배인 책갈피다. 육호수의 『나는 오늘 혼자 바다에 갈 수 있어요』에는 혼자 바다에서 찍은 시집의 사진이, 배수연의 『조이와의 키스』에는 조이의 어금니를 상상하게 하는 박하사탕 껍질이 책갈피로 놓여 있다.

그런 책갈피를 마주할 때면 책의 내용보다 책갈피의 기억이 더 커서 잠시 아득해지지만, 그건 또 그것대로 좋다고 생각한다. 무관하지 않게 만들어진 기억으로 책과 내가 미약하게나마 연결되어 있다고 느껴지기 때문이다.

난이도 초급부터 최고급까지: 삶의 지혜가 되는 퍼즐 잡지 이야기

본격적으로 평론을 발표하기 시작하면서 우리나라에 발간되는 잡지가 이렇게나 많다는 걸 처음 알았다. 기존에 알고 있던 잡지를 제외하고도 매 월, 매 계절 발간되는 문학잡지의 수는 생각보다 훨씬 더 많았다. 문학잡지의 일만이 아니었다. 문화체육관광부의 '정기간행물등록현황'에 따르면 2021년 현재 잡지 종수는 5495종으로 5년 전보다 11.4 퍼센트 늘어났다고 한다. 그도 그럴 것이 사정이 좋지 못해 휴간이나 폐간되는 잡지도 많았지만, 새로이 창간되는 잡지도 꾸준했기 때문이었다. 국립도서관의 정기간행물실이나 하다못해 서점의 잡지 코너를 둘러보기만 하더라도 창간호 딱지를 붙인 잡지를 발견하기란 어려운 일이 아니다. 정기간행물을 제외하고도

무크(비정기간행물) 형태로 발간되는 잡지 또한 여러 권이다. 이처럼 저마다 다른 방향과 주제, 다른 옷을 입고 쏟아지는 잡지들을 보며 이제 단행본으로 출간되는 이야기보다 잡지 쪽을 더 살펴보아야 하는 것이 아닌가 하는 생각이 들었다. 무엇이든 빠르게 변화하고 있으며, 그러한 변화에 발맞춘 시의성 있는 대화를 요구하는 것이 지금의 현실이라면 말이다.

새로운 흐름과는 아무런 관계없이 내가 오래 구독하고 구매해 온 잡지는《스타퍼즐》과《아이큐퍼즐》이다. 흔히 퍼즐 잡지로 불리는 이 잡지는 리빙, 여성, 인문, 시사, 문학 잡지들처럼 시의성이 있다고 할 수는 없겠지만, 퀴즈와 퍼즐 분야에서는 더없이 깊은 탐구를 가능케 한다는 점에서 알아줄 만하다. 그리고 단연컨대 대한민국에서 가장 발 빠른 잡지일 것이라고 (왜 내가 자부하는 것인지는 알 수 없지만) 자부한다. 월간지이나 월초에 바로 다음 달의 잡지를 발행하기 때문이다. 예를 들면 6월 초에 이미 7월호의 잡지를 만나 볼 수 있는 셈이다. 매달 초 다음 달의 잡지를 살 때마다 '퍼즐 잡지의 시간은 왜 이리 빠른 걸까…….'를 고민했던 적이 있다. 정답은 알 수 없지만 내가 내린 결론은 아무래도 퍼즐 잡지를 풀기 위해서는 한 달보다 더 많은 시간을 필요로 하기 때문이라는 것이다.

퍼즐 잡지 중에서도 제일 좋아하는 건 다름 아닌 《스도쿠》다. 스도쿠는 몇 가지 이유로 나를 즐겁게 하는데, 그 중 하나는 숫자에 약한 내가 그래도 제법 잘 다룰 수 있는 유일한 숫자놀이가 스도쿠이기 때문이다. 또 다른 이유는 숫자를 외롭게 만드는 일이 좋기 때문이다. 루트라는 모자를 씌워 제곱하거나 숫자를 늘리는 일은 지겨웠으므로, 1부터 9까지의 숫자 그대로를 한 칸의 방에 가두는 것이 좋았다. 그 안에서 아무것도 하지 못하게 문을 닫아 버리는 일이 즐거웠다. 하나의 숫자만이 들어갈 수 있는 방을 찾아 숫자들을 밀어 넣고 있으면 어쩐지 쾌감이 들었다. 스도쿠를 완성하며 한 장 한 장 퍼즐잡지의 책장을 넘길 때마다 조금씩 시간이 흘렀다.

그리고 마지막으로 아무에게도 말한 적 없지만 퍼즐잡지를, 그 중에서도《스도쿠》를 좋아하는 가장 큰 이유는 그 안에 「삶의 지혜가 되는 이야기」나 「풍경선생의 이달의 운세」 코너가 있기 때문이다. 퍼즐잡지에 도대체 그게 무슨 쓸모가 있는 거냐고 묻는다면 할 말이 없지만, 《상식퍼즐》이나《아이큐퍼즐》과 같은 다른 퍼즐잡지에는 없는 코너가《스도쿠》에는 있다는 걸 알게 된 이후부터는 줄곧 스도쿠만 구매하고 있으며, 언제부턴가는 스도쿠를 하기 위해서가 아니라 「삶의 지혜가 되는 이야기」와

「풍경선생의 이달의 운세」를 보기 위해 잡지를 구매할 때도 있다. 사실 그 내용이라고 해 봐야 그다지 특별하지 않고 여느 포털 사이트 검색으로도 쉽게 볼 수 있는 것이지만, 의외로 삶의 지혜가 되는 이야기임은 분명하기 때문에 자꾸만 찾게 된다. 특히 '변비 예방 10계명'이나 '상비약 잘못 보관하면 독'과 같은 정보는 유심히 살펴봄 직하다. 변비를 예방하기 위해서는 아침 식사를 거르지 말아야 하고 걷기가 중요하다는 걸, 소화제는 냉장 보관을 하면 독이 되어 오히려 소화 장애를 일으키고, 감기약은 조제약이 남았더라도 상태에 따라 효과가 다를 수 있으므로 버려야 한다는 걸 「삶의 지혜가 되는 이야기」가 아니었더라면 몰랐을 테니 말이다.

내가 이런 이야기를 하거나 서점에서 다음 달의 《스도쿠》를 집어 들며 "오, 이번 달은 '걷기 운동을 효과적으로 하려면'에 대한 거야."라고 말하면, 언제나 곁에서 나의 소비를 지켜보는(이라고 쓰고 감시한다고 읽는다) E는 무슨 뜻인지 알 것만 같은, 그러나 나로서는 절대 모른 척하고 싶은 눈으로 나를 쳐다본다. "그게 그렇게 중요한 거야?"라는 말도 빼놓지 않는다. 지기 싫은 마음에 아주 중요하다고 목청 높여 말하지만 사실 그게 그렇게 중요한지는 나도 잘 모르겠다. 그냥 매월 만나는 습관 같은 것, 몰랐으면 몰라도 아니까 나쁘지 않은 삶의 지혜라서 좋을 뿐이다.

오늘도 나는 스도쿠를 푼다. 그것이 시시해지면 책장을 넘겨 「풍경선생의 이달의 운세」를 곱씹는다. 풍경선생의 운세는 나와 썩 잘 맞는 편은 아니지만……. 흉운을 예언했다면 아직 일어나지 않았음에 감사하고, 길운을 예언했다면 찾아올 기쁜 일을 그대로 기다리면 되었다. 숫자로 가득 찬 잡지여서인지 풍경선생은 매달 행운의 번호 8개를 찍어 주었는데, 몇 번을 조합하여 로또를 사 보아도 맞은 적이 없어서 나는 아직도 매달 퍼즐잡지를 사고, 숫자를 외롭게 두는 일을 즐기고, 삶의 지혜를 추가하며 끄덕이고, 풍경선생이 골라 준 행운의 번호를 기웃거린다. 누군가 "그게 그렇게 중요한 거야?"라고 묻는다면, 그게 그렇게 중요한지는 아직도 잘 모르겠지만, 꾸준히 하다 보니 좋아진 작은 루틴이라고 말하고 싶다.

나로부터 멀어지던 날들

올해 초까지는 직장에 다녔다. 글 쓰는 일과 직장 생활을 병행한 것이 2년이다. 두 가지 일을 병행하기로 한 것은 오로지 나의 선택이었다. 문어발 인간의 특성이 그러하듯 나는 생활에서도 여러 가지 일을 하기를 좋아했고, 직업으로써는 불안정할 수밖에 없는 작가와 달리 9 to 6 노동이 주는 안정이 필요했다. 기본적인 소득의 안정이 있어야 쓰는 나 역시도 불필요한 걱정을 하지 않아도 될 테니까. 무엇보다 두 가지 직업 활동을 선택한 가장 큰 이유는 내가 문학을, 비평 쓰기를 너무 사랑하지 않기를 바랐기 때문이다. 그저 좋아하는 것이 아니라 너무 사랑해서 떠나 버린 것들, 떠나보내야 했던 것들을 나는 잘 알고 있다. 사랑할 시간이 많아서, 아주 가까이에 있어서 쉽게 지치고 시들해지지 않고, 간절하리만큼 필요한 것. 나는 딱 그만큼의 거리에 문학이 있기를 바랐다.

월요일부터 금요일까지 매일 9시부터 5시 30분까지는 일을 했다. 정해진 근무시간이야 그랬지만 야근을 하는 경우도 허다했다. 그럴 때마다 자주 도망치고 싶어졌다. 멀리 떠나지 않아도 괜찮았다. 전화벨 소리가 울리는 사무실 안이 아니라 혼자 있는 방 안, 모니터 속 빈 문서 창으로 들어갈 수만 있다면 충분했다. 늦은 밤이 되어서야 그런 시간이 찾아왔고 나는 흰 문서 안에서 달리듯이 글을 썼다. 아침에 가까운 새벽까지 글을 쓰다 두세 시간가량 선잠을 자고 일어나 출근 준비를 했다. 내가 선택한 생활이었음에도 불구하고 나는 자주 나로부터 떨어져 나가는 것 같았다.

내가 나로부터 멀어지고 있다는 감각이 일주일에 몇 번씩, 어느 때는 하루에도 여러 번씩 나를 찾아왔다. 업무를 보다가, 동료들과 점심을 먹다가, 우편물을 가지러 가거나 퇴근길 엘레베이터에 몸을 싣는 짧은 순간에도 나는 자주 사라졌다. 그것은 타인으로서는 알아차리기가 힘든 것이었다. 딴 생각을 하고 있는 것처럼 보이거나, 멍한 상태가 아니라 겉으로 보기에는 멀쩡했기 때문이었다. 하지만 그럴 때에도 나는 아주 깊은 곳으로 잠기고 있다는 느낌이 들었다. 몸은 여기에 두고, 일을 하고 말을 하는 나는 여기에 두고 혼자일 수 있는 곳을 향해 가고 있는 것 같았다. 몸을 움직이고 있어도, 타인과 대화를 나누는 시간 동안에도 나로부터 멀어지는 것이 가능하다는 걸 그때 처음 알았다. 슬럼프라고 인정하고 싶지 않은 슬럼프였다. 인정할 수 없었던 이유는 하나였다. 출퇴근과 쓰는 일, 둘 중 아무것도 놓고 싶지 않아서, 무엇도 포기하고 싶지 않아서. 얼마큼인지는 모르겠지만 내가 힘들고 지친 상태라는 걸 인정해 버리면 쥐고 있는 것들을 다 놓아 버릴 것 같았다. 슬럼프를 자각했지만 인정할 수 없던 시간이 길어지고, 참아 내고 있다는 생각이 들 때마다 나는 더욱더 혼자 있고 싶어졌다. 타인의 위로와 사랑도 필요했지만, 가장 끝에서 나를 끌어올릴 수 있는 건 오직 나임을 알고 있기 때문이었다. 내가 나를 내버려 두지 않고, 포기하지 않고 곁에 있기를 바랐다.

혼자 있을 때면 주로 잠을 잤다. 어김없이 잠이 쏟아지고 그것을 거부하지 않는 것이 단순히 수면부족 때문인 줄 알았는데, 일종의 현실 도피였다는 걸 시간이 지난 후에야 알았다. 잠이 들면 늘 꿈을 꿨다. 높은 곳에서 발을 헛디뎌 떨어지거나 누군가 쫓아오는 꿈. 쫓기고 쫓기다 울면서 깨어나는 꿈이었다.

어느 날의 낮잠에서 나는 또 무언가에 쫓기고 있었는데

그날은 이상하게도 혼자가 아니었다. 함께 도망치던 언니 두 명이 있었고, 우리는 한참을 도망치다 잠시 숨을 고르며 가지고 있던 음식을 나누어 먹었다. 김치만두였다. 고기만두였으면 못 먹었을 텐데.(중 2때 고기만두 30개를 쪄 먹고 체한 적이 있다. 그 뒤로 먹지 못하게 되었다……) 맛있다. 그런 생각을 하며 맛있게 만두를 먹고 있는데 언니들은 몇 개 되지 않는 제 몫의 만두 중 반을 내게 나누어 주며 말했다.

더 멀리 가.

나에게 이걸 주면 언니들은? 꿈속의 나는 그런 건 묻지도 않았다. 그들이 건네준 만두를 꾸역꾸역 입에 넣고 다시 달렸다. 옆에 누가 있는지도, 뒤도 돌아보지 않았던 것 같다. 달리고 달려서 꿈에서 깼는데 엉엉 울고 있었다. 더 멀리 가. 그 목소리가 지워지지 않았다. 나는 더 멀리, 너무 멀리 와서 꿈에서 깨 버린 것 같았다. 만두 몇 알을 건네는 다정한 손길과 걱정 어린 목소리에 빚져 나만 여기 남게 된 것 같았다.

꿈에서 먹은 만두 덕분이었을까. 더 멀리 가라는 말 때문이었을까. 나는 조금씩 괜찮아졌다. 특별히 힘이 나는 건 아니었고 사라지는 감각도 여전했지만 견딜 만했다. 조금 더 괜찮아지기 위해 나는 비슷한 사람들을 찾아 다녔다. 사라지고 희미해진 이들, 있음으로 없고, 없음으로 있는 이들. 생과 사의 문제가 아니더라도 그런 이들은 있었다. 내가 여기 있듯이, 문학 안에서도. 그런 사람들을 하나 둘씩 알게 될 때마다 나는 하루의 어떤 장면 속에서 그들을 자주 떠올렸다.

잔, 잔, 잔, 잔, 냉장고 돌아가는 소리[8]가 날 때면 냉장고가 놓여 있는 바닥의 어느 한 부분을 가만히 바라보았다. 비가 멎어 무지개가 생긴 날이면 무지개의 끝 어딘가를 짚어 보았다. 그 너머에는 아무것도 없을 테지만, 아무것이 아닌 채로 그는 있을 것 같았다.[9] 완전히 닫히지 않은 문을 볼 때에도[10], 이명과 같은 속삭임이 귓가에 들려올 때에도[11] 나는 유독 시선이 닿는 부근을 응시하거나 곁을 움켜쥐는 시늉을 했다. 당연히 아무것도 잡히지 않았으나 손가락을 펼쳐보았을 땐 이상하게도 무언가 빠져나가는 느낌이 들곤 했다. 실존하지도 않고, 소설 안에서도 희미한 존재이지만, 그들로 인해 한 시절을 무사히 건너올 수 있었다.

가끔 또 다시 나로부터 깊이 침잠하려 할 때가 있다. 그때마다 나를 끌어올리는 목소리와 모르는 얼굴들이

8 황정은, 「대니 드비토」(『파씨의 입문』, 창비, 2012)

9 박선우, 「우리는 같은 곳에서」(『우리는 같은 곳에서』, 자음과모음, 2020)

10 이유리, 「평평한 세계」(《문장웹진》, 2020년 7월호)

11 임선우, 「유령의 마음으로」(《현대문학》, 2020년 12월호)

있다. 모르지만 이미 만나 본 적 있는 얼굴들이다. 더 멀리 가. 누군가 그렇게 말해 줄 때면 나는 다시 한 번 깨어나듯 살아갈 수 있다.

문학과 닮은 자수 2

— 크로스 스티치

크로스 스티치(Cross Stitch)는 흔히 말하는 십자수로 실을 교차하여 십자 모양으로 수를 놓는 자수 기법이다. 아마도 어린 시절 열쇠고리나 쿠션 따위의 십자수 공예를 해 본 적이 있다면 익숙한 스티치일 것이다. 크로스 스티치는 내가 가장 좋아하고 즐겨하는 자수다. 대개 프랑스 자수는 조그만 작품 하나를 만들려고 해도 기본적으로 서너 개의 자수 기법을 필요로 한다. 가령 도토리 하나를 수놓기 위해서는 세 개의 자수 기법을 알아야만 한다.

열매 아래의 과피 부분은 빼곡하게 면을 채우는 새틴 스티치로, 모자처럼 생긴 상단의 돌기 부분은 바구니눈 모양의 바스켓 필링 스티치로, 그리고 앙증맞은 꼭지 부분은 심플한 스트레이트 스티치로 수놓아야 한다. 물론 이것이 정답은 아니지만 입체적이고 그럴듯한 자수를 완성하기 위해서는 여러 가지 스티치를 활용하는 것이 일반적이다.

반면에 크로스 스티치는 하나의 기법만으로 작품을 완성할 수 있다. 두 개의 교차된 선이 하나의 작은 점을 이루고, 그 점은 영상 화면의 이미지를 구성하는 최소 단위인 픽셀 역할을 한다. 한 개의 크로스 스티치는 더 이상 나누어지지 않는 작품의 최소 단위가 된다. 그 점이 여러

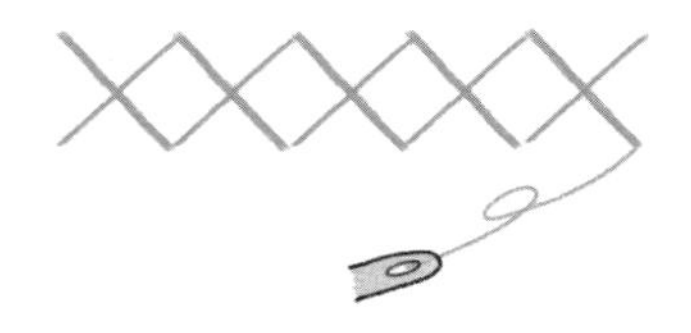

두 개의 선을 교차하여 만든 십자 모양의 자수가
하나의 스티치를 이룬다. 크로스 스티치를 할 때엔 전용 원단이나,
물에 녹는 매직 캔버스를 이용한다.

개가 모여 실로 만든 이미지를 구현하게 된다. 앞서 설명한 것처럼 여러 개의 자수 기법을 활용하는 것보다 입체적이지 않고, 훨씬 반복적인 작업이기 때문에 일반적인 프랑스 자수보다 지루할 수 있다.

그럼에도 내가 크로스 스티치를 좋아하는 가장 큰 이유는

작품이 진행되는 앞면보다 뒷면을 더 신경 써야 하는 기법이기 때문이다. 크로스 스티치로 만든 한 땀은 단순하다. 하지만 교차된 두 선이 한 땀을 만들어 내는 것이기에 바늘의 시작과 끝나는 지점이 동일해야지만 앞면만큼이나 정갈하고 보는 것만으로도 평화로운 뒷면을 가질 수 있다.

예를 들어 촘촘하게 구멍이 뚫린 십자수 원단이 있다면, 시작점으로 삼는 부분에서 네 개의 꼭짓점 중 왼쪽 하단에서 바늘이 나왔다고 가정해 보자. 뒤에서 앞으로 나온 바늘은 오른쪽 상단에 꽂혀 하나의 대각선을 만들고, 다시 왼쪽 상단으로 빠져나와 오른쪽 하단의 꼭짓점을 통과하는 것으로 또 하나의 대각선을 만든다. 이렇게 스티치 하나를 끝내었다면 연속되는 다음 스티치 역시도 같은 자리에서 시작해야 하며, 같은 순서로 진행해야 한다. 규칙적인 순서로 연속된 스티치를 진행해야 가지런한 뒷면의 자수를 가질 수 있다.

크로스 스티치를 얼마나 잘 하는지를 보려면 앞면의 결과가 아니라 뒷면의 흔적을 보아야 한다는 말은 유명한 농담이다. 그런데 이 말이 책 읽기를 떠올리게 하는 건 왜일까? 결과물이 있는 앞면보다 뒷면을 더 신경 쓰게 된다는 건 어떤 책을 읽은 후에 남은 자리를 떠올리게 하니 말이다.

하나의 작품을 한 장씩 읽어 나가며 한 권의 책을 독파했다는 결과는 모두 같다. 하지만 책을 읽는 과정에서는 책이 남긴 것들을 주워 담는 일이 중요하다. 책이 던진 물음과 그것을 곱씹을수록 해소되지 않는 독자의 의문이 있다. 자수의 뒷면을 보았을 때 매듭지어져 엉켜 있거나 꼬리처럼 길게 늘어진 실이 남아 있는 것처럼 말이다. 그럴 때엔 나의 이해를 돌아보기 위해 다시 텍스트를 살펴본다. 엉킨 부분을 살살 풀어 줄 수는 없는지 꼼꼼하게 만져 보는 식이다.

그것은 비평의 역할이기도 하다. 해소되어야 하는 부분을 풀어 주고, 길게 남은 의문은 깔끔하게 잘라 산뜻하게 매듭지어 주어야 한다. 혹여 손댈 것 없이 정돈된 뒷면이라면 그것의 가치 또한 밝혀야 할 의무가 있다. 그렇게 말끔한 뒷면의 자수를 완성하는 것이 비평의 일이라고 생각한다.

크로스 스티치의 아름다움은 전부 뒷면에 있다고 말해 버린 것 같지만, 교차된 두 개의 선을 반복하여 만들어 내는 앞면 또한 자수를 좋아하는 이유 중 하나이다. 하나의 선만으로는 수를 완성할 수 없듯 문학 역시 그러하다. 쓰는 이의 존재만으로 작품은 끝나지 않는다. 읽는 이가 있어야 한다. 완성된 작품만으로도 그것은 끝나지 않는다. 작품 이후에 돌아오는 응답이 있어야 한다. 교차하는 선의 가장 마지막 꼭짓점에 비평이 있다고 믿는다. 그 점을 통과할 때마다, 그래서 하나의 스티치를 완성할 때마다 늘 벅차다.

문학 곁의 뜨개 2

— 위즐리 부인의 크리스마스 스웨터

역시나 『해리 포터』 이야기를 하지 않을 수 없다. 『해리 포터』와 함께 성장기를 보낸 나를 비롯한 또래의 친구들에게 해리는 늘 신기하고 부러운 대상이었다. 그가 누리는 연회장의 맛있는 음식과 마법 지팡이, 벽난로가 있는 기숙사 등 모든 점이 그랬다. '만일 내가 호그와트에 간다면?', '만일 내가 해리와 같은 상황에 처했다면?'과 같은 질문들을 이어 나가며 『해리 포터』 세계관 안에서의 나를 상상해 보는 것으로 10대를 보냈다. (아직까지도 늦지 않았다고 호그와트 초대장을 기다리는 어른들이 있음을 안다. 나 역시 그 중 한 명이다.) 그때 '만일'로 시작하는 것 중 내가 제일 좋아하는 질문은 이것이었다.

만일 해리 포터가 가진 것 중 하나를 준다고 하면 뭘

선택할래?

종종 친구들에게 물었을 때의 선택은 대개 비슷했다. 투명망토가 제일이었고, 그 다음은 지팡이, 그 다음은 그린고트 은행에 가득한 금화였다. 나도 그것들이 부러웠다. 몸을 숨기고 어디든 가고 싶었고, 지팡이를 휘두르며 마법 주문을 외워 보고 싶기도 했다. 금화로 하고 싶은 것들의 목록을 세워 보자면 끝이 없었다. 그치만 안 될 거야, 왜냐하면 지팡이는 스스로 주인을 선택하기 때문이지……. 그런 이야기를 하며 킬킬대고 있으면 질문이 다시 나에게 돌아왔다. 넌 뭐가 제일 갖고 싶은데? 대답은 언제나 같았다. 오랜 시간이 흐른 지금까지도.

나는 말이야,

위즐리 부인이 해리에게 크리스마스 선물로 준 스웨터.

사실은 언제나 뜨개로 만든 것을 갖고 싶은 마음이 먼저였다. 뜨개를 시작하기 전에도, 활발한 뜨개를 하고 있는 지금도 같은 마음이다. 손뜨개로 만든 것들은 유독 보송하고 폭닥하다. 잘 짜인 조직을 눈으로 확인하며 손으로 쓸어 볼 때엔 이상하게도 맛있는 디저트를 먹는 것 같은 느낌이 들고는 했다. 입지 않아도, 목에 두르지 않아도 손을 대고 있는 것만으로도 온기가 전해졌다. 바늘에 실을 거는 처음부터 실이 바늘을 벗어나는 마지막까지 손을 벗어나는 일이 없었으므로, 편물은 그만큼의 온기를 고스란히 품고 있었다. 위즐리 부인의 스웨터 역시 그랬을 것이다. 열한 살 아이에게 버거워 보일 정도로 두꺼운 스웨터는 해리에게 첫 크리스마스 선물이자, 처음 느끼는 것과 다름없는 온전한 따스함이었다. 손뜨개의 따스함을 온몸으로 입는 기쁨을 나는 『해리 포터』를 통해 알았다. 그 장면을 보던 열 살의 나는 당장 손으로 짠 스웨터를 갖고 싶었지만 방법이 없었다.

엄마는 뜨개질을 잘 했지만 옷을 떠 본 적은 없었고, 대신 목도리는 아주 잘 떴기에 나의 요구대로 빨강과 노랑이 배색된 그리핀도르 기숙사 목도리를 떠 주었다. 그것을 두르고 겨울을 나는 것으로 손뜨개 스웨터의 환상을 지워보려 했지만, 겪어 본 적 없는 따스함은 쉽게 지워지지 않았고 20년 가까이 남아 있었다. 비로소 그 갈증을 해소한 것은 내 손으로 옷을 뜨기 시작하면서부터다. 모자나 목도리, 티 코스터와 같은 자잘한 소품을 뜨는 것으로 뜨개를 지속해 왔는데, 두 해 전쯤부터는 조금씩 옷을 뜨고 있다. 겨울 니트와 조끼, 여름 가디건 등을 여러 벌 뜨는 와중에도 나는 늘 해리가 가진 그 스웨터(혹은 동일한 디자인의 이니셜만 다른 론의 스웨터)를 뜨고 싶다는 생각을 했었는데, 정확한 도안을 구할 수 없어 아쉬워만 했다.

나의 오랜 마음과 뜨개인들의 소망이 전해진 것일까? 지난 해 겨울 여느 때와 같이 인터넷 서점에서 신간을 살피던 나는 눈이 휘둥그레질 수밖에 없었다. 해리포터 영화 속 뜨개 패턴을 담은 책이 출간되었기 때문이다……!

『해리포터 영화 속 뜨개질 마법』은 내가 염원했던 위즐리 부인의 손뜨개 크리스마스 스웨터 도안은 물론이거니와 호그와트 기숙사 머플러와 가디건과 같은 마법 의상과 해리포터와 관련된 인테리어 소품의 도안도 실려 있었다. 또 재미있는 것은 신비한 동물을 만들 수 있는 도안도 함께였는데 해리의 부엉이였던 헤드위그 도안, '비밀의 방' 문 앞을 지키던 머리 셋 달린 개인 케르베로스 도안도 있었다. 헤드위그야 해리포터와 늘 함께한 반려동물이므로 해리 포터 팬들의 애정이 있을 수 있다지만, 과연 케르베로스는 누가 뜨고 싶어 할까……? 싶었으나, 고개를 들어 머리 셋 달린 개 뜨고 싶은 사람? 하고 물으면 손을 번쩍 들 것만 같은 주변인 몇 명이 떠올랐다. (이 글 너머의 누군가도 조용히 손을 들 것만 같다.)

기대했던 도안부터 기상천외한 도안까지 오피셜한 해리 포터 뜨개 책인 만큼 만족스러웠지만, 가장 좋았던 건 영화 속 뜨개 소품에 대한 비하인드였다. 위즐리 부인의 의상 중에서 손뜨개에 사용할 털실을 구하기 위해 영화 의상

디자이너들이 빈티지 털실 상점을 찾아다녔다는 숨은
이야기가 해리의 크리스마스 선물을 함께 구경했을 때보다
더 내 마음을 부풀게 했다. 스웨터에 담긴 것은 위즐리
부인의 온기만이 아니라, 작은 것을 위해 여러 걸음을 하는
많은 이의 노력도 함께였다. 고대하던 책이 나왔음에도
지난겨울에는 벌려 놓은 문어발이 가득이라 위즐리 부인의
크리스마스 스웨터를 뜨지 못했다. 올해에는 반드시 겨울이
지나기 전에, 욕심을 내어 크리스마스 전에는 완성하리라는
이른 다짐을 했다. "이 스웨터는 밑단부터 메리야스뜨기로
만드는데 앞판과 뒤판, 드롭 소매를 떠서 연결합니다.
어깨솔기는 바늘 3개로 코막음을 하여 연결하고……." 뜨개
레시피의 목소리를 위즐리 부인의 것이라 여기며 이번 겨울
온몸으로 입을 온기를 위해 한 코 한 코 전진해 본다.

3부

같은 호흡의 시간 속에서

커서가 깜박이는 흰색 창 앞에 설 때면 여러 가지 감정이 든다. 말도 그렇지만 글에서도 첫 문장을 시작한다는 건 쉬운 일이 아니니 말이다. 입을 떼야지만 무언가가 계속해서 이어질 수 있을 것인데, 입을 떼는 것조차, 심지어는 입을 떼자고 마음을 먹는 것조차도 어려웠던 때가 있었다. 모두 등단 전의 일이다. 할 수 있을까 하는 의심과 꼭 해내고 싶다는 조바심 사이에서 한 문장도 떼지 못하고 커서처럼 깜빡이고만 있던 때. 무언가라도 되고 싶고 누구에게라도 인정받고 싶었던 날들엔 부유하는 욕심이 많아서 첫 문장을 시작하고, 하나의 글을 완성하려는 마음을 먹는 게 가장 어려운 일이었다. 그런 마음을 달래고 다스리고 다시 써 보려고, 병원처럼 가는 곳이 있었는데 바로 낭독회와 같은 문학 행사였다.

쓰는 이와 읽는 이가 함께 하는 공간에 다녀온 날이면 온통 말하고 싶고 쓰고 싶은 마음만이 가득했다. 책을 읽고 책에 대한 이야기를 나누는 시간 자체도 충만했지만, 내가 좋아했던 건 홀로 돌아오는 길이었다. 덜컹거리는 지하철을 타고 오는 동안, 고요한 밤거리를 걷는 잠시 동안 내 안에서 많은 것이 쏟아져 나왔다. 같은 호흡으로 책을 읽고, 같은 순간에 책장을 넘기고, 같은 마음과 기분을 나누었던 시간이 남아 입을 뗄 수 있는 심정이 되었다. 글은 그렇게 시작되었다.

유독 기억에 남는 낭독회가 있다. 혜화로 이전하기 전 이대 앞에 있던 서점 위트 앤 시니컬에서 열린 김금희 작가의 『너무 한낮의 연애』 행사였다. 좋아하는 작가의 좋아하는 소설을 읽는 함께 읽는 자리라 기대가 되었는데, 작가의 목소리로 듣는 양희와 필용의 이야기는 혼자 읽었을 때와는 다른 느낌이라 신기하고 또 새로웠다. 오늘도 나를 사랑하느냐고 묻는 필용의 말에 "사랑하죠, 오늘도." 하고 답하는 양희의 목소리와 말투 같은 건 암만 상상해 봐도 쉽게 닿을 수 없었으나 툭 던지듯이 말하는 작가의 목소리에 혼자 웃기도 했다. 무엇보다 "사랑하세요, 오늘도." 하고 다정한 인사를 건네는 작가가 있어 힘이 되었다.

그날 행사가 끝난 후 서명을 받는 자리에서 나는 다른 사람에게 잘 하지 않던 이야기를 꺼냈다. 비평을 공부하고 있고, 나중에 꼭 좋은 자리에서 다시 뵐 수 있었으면 좋겠다는 말을. 작가는 꼭 그랬으면 좋겠다고 말하며 서명과 함께 '문학의 자리에서 다시 만나요!'라고 적어 주었다. 그 말이 필요했던 시절이었고 그래서 내내 힘이 되었다. 낭독회가 끝나고 어김없이 혼자 돌아오는 길, 뒤늦게 서점 SNS 계정에서 낭독회가 진행 중임을 알리는 게시물을 확인하였다. 그 자리에 있던 모두가 함께 「너무 한낮의 연애」를 읽고 있는 사진이 첨부되어 있었는데, 조도를 낮춘 서점 안에 군데군데 켜 놓은 핀 조명 아래에 내가 있었고, 그곳의 나는 유독 밝고 또 편안해 보였다.

그 날 내 머리 위에 내려앉은 빛과, 문학의 자리에서 다시 만나자는 말이 없었더라면 어떤 다짐이 필요할 때마다 책장을 넘겨 면지에 쓰인 작가의 다정한 말을 다시 삼켜 보는 일도 없었을 것이다. 그리고 어쩌면 2년 뒤에 같은 공간에서 열린 『경애의 마음』 낭독회에서 반가운 소식과 고마운 마음을 전하는 일도 없었을지 모른다. 『경애의 마음』은 혼자 읽을 때도 좋았지만 함께 읽으니 더 좋았고, 2년 만에 만난 작가의 목소리로 들으니 그 마음은 곱절이 되었다. 낭독회에 동행했던 친구들과 좋다, 정말 좋다, 연신 그런 말을 했다.

그날 행사가 끝난 후 서명을 받는 자리에서 나는 조심스레 2년 전의 기억을 꺼냈다.

"작가님 저 지난 번에도 뵀었어요. 『너무 한낮의 연애』 낭독회 하실 때요. 그때 비평 공부하고 있다고 했었는데……."

"어, 기억나요!"

나를 기억하고 있다는 작가의 말에 덕분에 문학의 자리에 닿을 수 있었음을 이야기하자 축하와 함께 이런 메시지를 남겨 주었다. '문학의 자리에서 다시 만났으니 오래 걸어요. 함께.' 그 말이 앞으로의 나에게 오래도록 힘이 될 것임은 당연했다. 집으로 돌아와 『너무 한낮의 연애』와 『경애의 마음』을 나란히 펼쳐 보았다. 내게 힘이 되는 말, 마음을 먹게 하는 말, 입을 뗄 수 있고 첫 문장을 시작하게 하는 말들. 그것이 말하고 싶게 만드는 소설의 가장 앞에 놓여 있어서 좋았다.

『경애의 마음』에는 이런 말이 있다. "마음을 폐기하지 마세요. 마음은 그렇게 어느 부분을 버릴 수 있는 게 아니더라고요. 우리는 조금 부스러지기는 했지만 파괴되지 않았습니다."[12] 어쩐지 내 마음을 들켜 버린 것 같지만…….

12 김금희, 『경애의 마음』(창비, 2018), 176쪽.

맞다. 조금 부스러졌을 뿐 파괴된 것이 아니다. 내내 부스러진 것처럼 느껴진대도 괜찮았다. 또 어느 날엔가 마주친 이런 문장들로 떨어진 부스러기를 그러모으게 될 테니까, 주워 든 마음을 다시 꾹꾹 눌러 뭉쳐 보게 될 테니까. 다른 무엇도 아닌 문학으로 그것이 가능하다는 걸. 아닌 척 하지만 나는 사실 오래 전부터 믿고 있다.

어떤 마음을 먹게 하는 시간은 지금도 여전히 있다. 문학평론가로 활동을 시작한 이후에도 나는 종종 낭독회에 간다. 이전처럼 좋아하는 작가의 작품을 독자의 자리에서 온전히 느끼고 싶어 갈 때도 있지만, 낭독회 진행을 위해 참석을 할 때도 있다. 객석이 아닌 조금 앞쪽에서 작가와 눈을 맞추며 대화를 나누고 관객을 바라보며 질문을 건네기도 하는 일이다. 글로써 작품과 독자를 잇는 것이 비평의 중요한 의무 중 하나일 것인데, 그것을 꼭 글만이 아닌 같은 호흡의 시간 속에서 행할 수 있다는 사실은 나에게 무척이나 즐겁다. 독자와 만나는 일은 시인, 소설가와 같은 창작자뿐만 아니라 비평가인 나도 매우 염원하는 일인데, 이런 행사가 아니고서야 독자를 만나기가 쉽지 않으니 낭독회 진행 요청이 들어올 때면 기쁜 마음으로 재빨리 함께하겠다고 한다.

그렇게 많이 진행을 맡았던 건 아니지만, 열 차례 정도 작가와 독자가 함께 하는 행사를 하면서 그간 객석에 있을 때는 보지 못했던 장면들을 많이 보게 되었다. 작가와 나란히 앉지 않았다면 볼 수 없는 장면들, 그러니까 이런 것이다. 작가가 어느 한 부분을 낭독할 때에 한 단어, 한 문장에 집중하는 정수리나, 행간을 옮겨 다니는 눈길 같은 것, 어느 질문과 어떤 대답에 한데 터져 나오는 웃음이나 예상치 못하게 새어 나오는 소리들, 책장을 쥐고 있다 가만히 책 끝을 접는 손가락, 일순간 울 것 같은 표정이 되는 얼굴. 곁의 목소리를 듣다 고개를 들어 보았을 때 순간 마주치는 모습들이 내게는 그 책에 더해지는 한 장면이다.

이런 때도 있었다. 대부분의 낭독회는 객석과 웃음을 여러 번 주고받는 화기애애한 분위기이지만, 어느 날의 낭독회는 유독 침묵이 깊었다. 시인이 한 명도 아니고 둘이었고, 나누었던 대화도 좋았는데 관객의 반응이 잘 없어 괜히 마음이 조급해졌다. 시인이 낭독하는 틈을 타 눈으로 몇 번이고 조용히 객석을 훑었다. 재미가 없는 걸까. 평일 저녁 연남동 깊은 골목까지 찾아온 이들을 실망시키고 싶진 않았다. 하지만 우려와 달리 객석의 얼굴들은 편안했다. 꾹 다문 입술 너머로 시들이 삼켜지고 있을 뿐이었다. 조용했지만 충만했던 시간. 낭독회가 끝난 후 여러 번 참 좋았다, 좋았어요. 그렇게 말하며 그날 들었던 시의 한 부분을 곱씹었다. "젖은 땅에 선 당신의 얼굴/ 그해 여름이었어요/ 좋았다고 이야기하게 될,"[13] 정말로 그랬다. 좋았다고 이야기하게 될 시간이었다.

한참 말을 쏟아 내고 집으로 돌아오는 길에는 눈에 담았던 것들을 다시 그려 본다. 오늘 만났던 이들의 얼굴은 잘 기억이 나지 않지만 선명하게 그려지는 것들이 있다. 커서가 깜박이는 흰색 창 앞에 앉을 때에도 떠나지 않는 것들이다. 오늘의 책에 영원히 남겨질 이어져 있다는 감각, 그것을 실감할 때면 마음을 먹고 입을 떼는 일이 어렵지 않다. 글 너머의 당신을 만나는 마음. 그 마음으로 나는 계속해서 쓸 수 있다.

13 김이강, 「우리의 숲은 끝나지 않는다」, 『타이피스트』(민음사, 2018), 87~88쪽.

질문하는 생활

2019년 8월부터 지금까지 두 달에 한 번씩 '쓰는 존재'들을 만나며 인터뷰를 하고 있다. 격월간 문학잡지《릿터》 19호부터 2021년 6월 현재 기준 릿터 30호까지 총 11명의 작가를 만나 이야기를 나누었다. 쓰는 존재의 쓰는 분야는 다양하다. 11명의 작가 중 소설가는 5명이었고, 시인은 3명, 에세이스트는 2명, 극작가는 1명, 그림책 작가가 1명이었다.

이들과 만나기 위해 찾아간 장소도 모두 다르다. 주로 서울 내에서 사진 촬영과 인터뷰를 진행하기는 하나, 서울도 지역구마다 또 동네마다 풍경이 모두 다르듯이 작가가 선 곳의 배경은 저마다 다른 얼굴을 하고 있었다. 대조동, 연남동, 공덕동, 부암동, 삼청동, 광장동 그리고 신촌과 광화문 광장까지. 서울 안에서도 사방으로 움직였다. 서울을 벗어나는 일도 종종 있었는데 위로는 파주에, 아래로는 판교 탄천을 지나 충남 예산에 가기도 했다. 실제 지도 위에 핀으로 표시를 한다면 눈에 잘 띄지도 않을 만큼 미미한 움직임일 테지만, 인터뷰를 마칠 때마다 나는 마음 속 지도에 점을 하나씩 찍고는 한다. 실을 꿴 바늘을 밀어 넣을 자리를 정하듯이 말이다. 그렇게 찍어 둔 점을 선으로 이어 보면, 2년 동안 제법 많은 걸음들이 쌓였구나 싶다.

어떤 일을 꾸준히 할 수 있는 기회가 주어졌다는 것도 참 감사한 일이지만, 그것이 타인과의 만남을 통해 작품과 쓰는 이에 대한 깊은 대화를 만들어 나갈 수 있는 일이라서 유독 소중하다. 나에게 쓰는 존재들과의 만남은 나 역시도 쓰는 존재임을 실감케 하는 시간임과 동시에 또 다른 비평 궤적을 만들어 나가는 작업이다. 작가와의 인터뷰는 단순히 그저 해야 하는 일이 아니라 나를 더 나은 비평가로, 더 나은 글쓰기로, 그리하여 더 나은 사람으로 계속해서 이끌고 있는 것만 같다.

나에게 더 나은 쪽으로 향하는 나의 모습이란 이렇다. 첫 번째는 두 달에 한 번씩 질문하는 사람이 되었다는 것이다. 한 사람에게 이렇게나 많은 물음을 가져 본 적이 있었는지를 생각하면 이전까지는 없었던 것 같다. 그것도 작가와 작품 양쪽에 모두 던져지는 질문에 대해서라면 말이다. 애초에 비평은 질문하는 장르이나 질문의 방향은 대해 작품을 통과하여 문학 바깥을 향한다. 문학과 구별되지 않는 현실이나 그러한 부조리가 실현될지 모를 시간을 향해 있는 것이다. 그러나 인터뷰에서 나의 질문은 지금의 작가와 작품에 천착되어 있기에 문학 내부의 더 깊은 심연을 향한다. 여전히 타인을 궁금해하는 것은 어려운 일이다. 그렇지만 한편으로는 매번 이렇게까지 궁금해할 수 있다는 것에 스스로 놀라는 중이다. 나는 이전보다 타인에 대해 조금 더 궁금해하고 질문할 수 있는 사람이 되어 가고 있다.

두 번째는 다른 형태의 비평을 쓸 수 있게 되었다는 것이다. 작품은 그저 인용하는 것으로, 나머지는 오로지 나의 논리를 개진하는 것으로 구성되는 글이 아닌 다른 형식의 비평을 쓸 수 있게 되었다. 쓰는 존재와의 인터뷰는 내게 다르게 쓰는 작가론이자 작품론이다. 문답의 형식을 갖추고 있다는 점에서 그것은 조금 더 유연한 비평이 된다. 인터뷰 시점을 기준으로 가장 최근의 작품을 위주로 대화를 나누기는 하지만, 그 대화가 이루어지기 위해서는 앞서 발표한 작품이나 이전의 인터뷰 역시 돌아보아야만 한다. 그렇게 한 사람의 모든 작품을 (다시) 읽고, 그 세계를 들여다보고 있으면 말하고 싶은 것이 생겨난다. 묻고 싶은 것이 떠오른다. 그것이 나 혼자만의 생각이 아닌 다른 독자에게도 작가와 작품에 대한 이해를 잇는 한 땀이기를 바라는 마음으로 쓰는 존재에게 건네 본다. 질문에 대한 답으로 다시 돌아오는 한 땀은 생각했던 것만큼 혹은 그보다 더욱 근사한 경우가 많다. 대화로 다르게 쓸 수 있고, 다시 쓸 수 있는 비평도 가능하다는 걸 알게 되어서, 그것을 할 수 있어서 기쁘다.

마지막은 그 모든 대화들을 다시 들으며 새로운 나를 발견하게 되었다는 것이다. 인터뷰는 모두 녹취와 함께 진행된다. 인터뷰 이후 녹취 원고를 만들기 위해 고요한 시간을 찾아 두 시간 가량의 대화를 다시 듣고 있으면, 녹음 파일 속 나의 목소리가 낯설어 못내 어색해하면서도, 웃으며 즐거워하고 신나게 이야기하는 내 모습이 조금 신기하다. 이런 목소리였구나, 이런 반응이었구나, 신이 나서 묻지도 않은 이야기를 주절거렸구나 싶은 것이다. 알지 못했던 나와 조우하는 기분으로 나는 어느새 그날에 있다. 그렇게 한참 녹취를 풀다 보면 쉴 새 없이 키보드를 두드리던 손을 잠시 멈추고 인터뷰이의 이야기에 조용히 집중할 때가 더러 있다. 그들은 함께 쓰는 동료이자 내가 서 있는 길을 이미 지나온 선배였으므로, 앞으로의 나의 걸음에 힘을 실어 주는 이야기를 종종 들려주었다. 지면에 전부 실을 수는 없던 그런 말들을 멍하게 듣고 있던 날이 있었다. 등단 4년차인 지금의 이런저런 고민들은 당연하다는 말, 그런 고민들을 헤치며 쌓아온 걸음이 앞으로의 나를 만들어 줄 것이라는 말들을 여러 번 돌려 들으며 또 한 번 나아갈 힘을 얻곤 했다.

이렇게 나는 쓰는 존재를 만나며 나 역시 쓰는 존재라는 걸 다시금 깨닫고, 쓸 수 있는 에너지를 쌓아 가고 있다. 좀 더 잘 쓰고 싶다는 깊은 욕망을 실현하기 위해서는 개인의 노력도 필요하지만, 타인과 공명할 때에 더 좋은 쓺이 가능하다는 것을 그들을 만남으로써 알았다. 최종 원고를 편집부와 인터뷰이에게 송고할 때면 늘 같은 생각을 한다. 나의 질문이 작가의 쓺에 유효한 물음이었을까? 나와 이야기를 나누는 것으로 그들도 나와 같은 힘을 나누어 가졌을까? 그랬으면 좋겠다는 생각으로 전송 버튼을 누르고 나면 이번 인터뷰도 끝이다. 그런데 내 생각을 읽기라도 한 듯《릿터》26호의 쓰는 존재였던 김복희 시인은 이런 메일을 보내왔다.

2020년 9월 20일(일) 오전 11시 50분

제목 : Re: 보키에게3

유정과 인터뷰를 하고 원고 받기까지 일주일 내내 여러 가지 생각들을 했어요.

누군가 질문해야만 떠올리는 생각들도 있으니까.

고마워요. 유정!

—소유정이 만난 사람 김복희 드림.

그의 메일로 인해 더 열심히 질문하는 사람이어도 좋겠다고 안심했다. 김복희 시인은 인터뷰의 부제로 '소유정이 만난 사람들'이라는 부제를 붙여 주었는데, 나는 그것이 재미있고 퍽 좋았다. 어쩐지 쑥스러운 마음에 "「김영철의 동네 한 바퀴」도 아니고!"하며 웃었지만, 생각해 보니 문학 작품과 쓰는 존재들의 매력을 발견하여 읽는 존재에게 전하는 문학 기행으로써는 얼추 비슷하고 또 그럴 듯 했다. 매주 다른 동네에서 다양한 사람들을 만난다는 점에서 「김영철의 동네 한 바퀴」는 매우 부지런한 걸음을 걷고 있다. 나는 그보다 조금 천천히 한 바퀴를 돌며 문학이 머무는 자리를 기웃거리고 있다. 언젠가 이 산책을 멈출 날이 온다면, 내 마음 속 지도는 어떤 모습일까. 빼곡하게 많은 점과 선으로 가득 차 있기를, 그리하여 그때의 나는 지금보다 더 나은 사람이기를 마음 깊이 바라 본다.

여전히 나를 쓰게 하는 김민정의 이야기

작가를 두 갈래로 분류할 수 있다면 '읽기'를 계속하게끔 하는 이와 '쓰기'를 개진하도록 하는 이로 나누어 볼 수 있지 않을까. 전자는 그의 작품을 빠짐없이 탐독하는 과정에서 독자에게 즐거움을 주는 작가일 것이다. 후자의 경우는 방향이 조금 다르다. 읽는 이로 하여금 문학 안에서 일렁이는 에너지를 발견하게 하는 것, 그 에너지는 단지 읽는 행위만으로는 온전히 가질 수 없는 것이어서 쓰는 이의 자리로까지 가게 만드는 것, 당신의 이야기를 매개로 나의 것을 꺼내 보이게 하는 것. 이것이 후자의 영역이다. 김민정 시인은 정확히 후자와 일치했다.
파주에 다녀온 지 며칠이 지났는데 나에겐 여전히 시인과의 대화가 '뒤끝'처럼 남아 있었다. 그의 유쾌한 농담에 나는 매번 웃었고, 농담들 사이에 꼿꼿이 살아 있는 정확한 말들에 한없이

고개를 끄덕였다. 그런 장면을 들춰 보고 있으면 왜일까……
새벽 2시의 구남친처럼 불쑥 시인에게 문자를 보내고 싶은
충동이 들었다. [주무세요? 파주에서 정말 좋았어요. 선생님
얘기가 자꾸 생각이 나요……] 아련하게 점 몇 개를 찍어 보다
아무래도 아닌 것 같아 대신 이렇게 나의 쓰기를 하기로 한다.
그러니까 '나를 못 쓰게 하는 남의 이야기'가 아니라 '나를 쓰게
하는 김민정의 이야기'를.

—《릿터》22호, 「쓰는 존재」 김민정 시인 인터뷰 outro에서

시인을 만났던 때가 2020년 1월이었는데, 김민정 시인의
이야기는 그 후로도 줄곧 나를 쓰게 했다. 일 년 동안 나는
무엇을 쓸 때마다 여러 번 그날의 파주를 떠올리곤 했다.
안양에서 파주에 가는 길이 그렇게 멀게 느껴지지 않던
날이었다. 김민정 시인을 만난다는 설렘으로 떨리기도
했지만, 당시 민음사 한국문학팀 팀장이었던 서효인
시인과는 인터뷰에 처음 동행하는 것이라 왠지 모를 긴장에
휩싸였기 때문이었다.

인터뷰 장소에 도착했을 때엔 정돈되지는 않았으나
정감 있던 난다 사무실의 풍경과 김민정 시인의 환대로
인해 긴장되었던 마음이 금세 녹아내렸다. 사진 촬영 후
진행된 인터뷰에서도 같았다. 준비한 질문들에 정성스럽고

유쾌하게 답변해 주던 시인의 눈빛과 목소리, 손길들이 좋았다. 잔상으로 남은 이미지 말고도 그가 계속해서 나를 쓸 수밖에 없도록 만든 이유는 이러한 대화 때문이었다.

시집의 책장을 넘기니 시인의 말 이전에 마르그리트 뒤라스 글의 인용이 나와요. "나의 쓰기는 말하지 않기다." 이 말이 시인님께 어떤 의미로 작용하는지 궁금합니다.

"어렸을 적부터 읽어 왔던 뒤라스가 없었다면 제 글쓰기에 있어 지금처럼 용감함으로 무장하지 못했을 거예요. 용감함이라고 말한 건 어떤 제도권적인 문학 교육 현장을 제가 거쳤기에 프레스가 없다고는 말 못하기 때문에 감히 갖고 온 말이기도 해요. 이번 시집의 포문을 그 구절로 연 건 특히나 이번 시집이 제가 기억하는 사람들의 '말'로 범벅이 된 까닭이기도 해요. 이번 시집이 사람들의 말을 사람들의 말로만 정확히 버무려야 말이 됨을 알아서인지 그 안에 과장이나 음흉을 내포한 내 말이라는 머리카락이 섞이면 안 된다는 걸 알아서인지 모르겠지만 그 구절을 머리끈으로 삼으니 뭔가 내 머리카락이 꽉 쪼여 묶이는 것처럼 긴장이 빡 서는 거예요. 볼 때마다 새 마음을 가질 수 있었달까. 100미터 달리기를 할 때 출발선상에서 레디 사인을 들은 것처럼 허벅지가 꽉 쪼여지더랄까. 말하지 않기를 염두에 둔 말하기는 미친 속도로 시를 써 나가는 저를 한두 번씩 주춤하게 하는 과속 방지턱 같기도 했어요. 포스트잇에 써서 모니터 옆에 붙여 놓고 계속 봤죠. 보지 않을 수 없었어요."

—《릿터》22호, 「쓰는 존재」 김민정 시인 인터뷰에서

김민정 시인에게 뒤라스의 말은 한 올도 남김없이 머리카락을 올려 묶을 때에 필요한 머리끈 같은 것, 달리기를 앞둔 선수에게 들리는 출발 신호 같은 것, 뒤도 돌아보지 않고 달리는 시 앞에 선 과속방지턱 같은 것이었다. 그의 말에 고개를 끄덕이면서 나에게도 그런 말들이 몇 개쯤 있다는 것을 떠올렸다. "독자는 글쓰기를 이루는 모든 인용들이 하나도 상실됨 없이 기재되는 공간이다."[14]라는 롤랑 바르트의 말이나, "여자들이 돌아온다. 멀리, 영원으로부터. 그리고 '바깥'으로부터. 마녀들이 목숨을 부지하고 있는 황무지로부터 여성은 돌아온다."[15]는 엘렌 식수의 말들이 나의 모니터 옆에 붙은 포스트잇이었다. 이 말들은 나를 긴장하게 하거나 글쓰기의

14 롤랑 바르트, 김희영 옮김, 『텍스트의 즐거움』(동문선, 2002), 35쪽.

15 엘렌 식수, 박혜영 옮김, 『메두사 웃음/출구』(동문선, 2004), 13쪽.

속도를 줄이게끔 하지 않았다. 오히려 그 반대의 목적으로 붙여 놓은 것이었다. 서둘러 걸음하지 못하는 스스로를 독려하고 조금은 속도를 내도 괜찮다고 붙여 둔 일종의 과속 구간이었다. 백지 앞에서 깜박이는 커서를 오래도록 들여다보고 있다가 모니터 옆에 붙은 말들을 보면 손가락을 바로 세우게 되었다. 김민정 시인을 만나고 온 다음 모니터 옆에는 포스트잇 하나가 더 붙었다. 녹취를 풀어 원고를 정리하고 시인의 확인을 거쳐 최종 원고를 송고했을 때였다. 보낸 메일에 시인이 회신을 보내왔다.

2020년 1월 30일(목) 오전 11시 52분

제목 : 유정에게

유정아

너무 고맙다.

인트로와 아웃트로 보며

울 뻔했네.

그래서 내 글은 잘 눈에 들어오지 않더라.

나도 그날 만남이 너무 좋아서

자꾸 네 웃는 얼굴을 떠올리게 되더라.

너라는 환한 사람.

나는 너라는 전구 아래
반질반질해져 본 기억 속의 사람.

메일에 대한 답이 어째서 이리 시와 같은지 여러 번 묻고 싶었지만 묻지 않았다. 내가 시인의 환한 얼굴을 기억하고 있듯 시인 또한 같은 마음이었으리라는 생각이 들었기 때문이었다. 대신 포스트잇에 시인이 남겨 둔 말을 적어 두기로 했다. 너라는 환한 사람. 나는 너라는 전구 아래 반질반질해져 본 기억 속의 사람. 그 말이 언제고 내 마음을 전구같이 깜박깜박 비춰 주었다. 그 말은 가끔 달리기를 앞두고 놓쳐서는 안 되는 배턴이었고, 등을 도닥여 주는 손이었다. 우울이 깃든 날엔 나를 밝히는 빛이기도 했다.

지금도 김민정 시인의 말은 모니터 곁을 지키며 나와 마주보고 있다. 그리고 이렇게 또 나를 쓰게 한다. 당신 생각을 하였던 걸 어떻게 알았는지 시인에게서 귀신같이 연락이 왔다. 유정아, 하는 다정한 호명도 함께였다. 시인과는 여름이 가기 전에 파주에서 다시 만나기로 약속을 했다. 겨울에 다녀갔으니 여름의 파주도 만나 보아야 한다는 것이었다. 언제고 내킬 때 달려와라. 그 말에 그럴게요, 하고 답장하며 여름의 파주를 그려 본다. 겨울의 그 날과 같은 얼굴로 반길 시인의 얼굴도 함께였다.

다시, 사랑을 보여 달라고 한다면?

사사로운 이야기 하나를 하자면 김복희 시인과 나는 작은 모임을 한 적이 있다. 조그마한 수를 놓는 자수 모임이었다. (조그마한 수를 놓겠다고는 했지만 첫 모임에서 우리가 수놓았던 건 장발장이 훔친 빵, 깜빠뉴였다.) 우리는 실과 바늘에 집중하여 서너 시간 수를 놓고 얼얼한 손을 흔들며 헤어졌다. 여러 번 그런 만남을 가졌지만 그 많은 시간 동안 재잘대면서 우리가 나누었던 이야기가 무엇이었는지는 하나도 기억이 나지 않는다. 다만 내가 기억하고 있는 건, 뻐근한 고개를 들어 앞을 바라보았을 때, 아주 열중하고 있는 그의 정수리와 바늘을 쥔 손끝 같은 것이었다.

여러 가닥의 선을 면으로 만드는 것이 자수의 일이라면 김복희의 시 역시 그와 다르지 않다. "내가 사랑하는 만큼 저녁이 찾아온다면/ 매일 환하겠지 매일 불타는 흰 밤이겠지"(「당신은 사랑을 하는군요」). 이런 문장을 마주할 때마다 나는 그가 촘촘하게 쌓아 올린 마음의 결을 느낀다. 그리고 골몰하던 빨간 손끝을 자연스레 떠올리게 되는 것이다. 그 손과 이 손이 다르지 않음을 되새기면서. 김복희가 수놓은 문장들이 시라는 면으로 펼쳐지는 것에 감사하면서. 그 시가 누구에겐, 적어도 나에게는 지금 희망이고 사랑이라는 것을 긍정하면서 말이다.

—《릿터》 26호, 「쓰는 존재」 김복희 시인 인터뷰 outro에서

우리가 함께 했던 자수 모임에는 이름도 있었다. 자수 초보들의 자학과 의지를 담아 나름대로 고심하여 지어 본 것인데, 바보도 자수 할 수 있다는 뜻의 '바자회'였다. 바자회의 멤버는 나와 김복희 시인, A 시인, 그리고 J 편집자였다. 어쩌다 이 모임이 이 멤버로 구성되었는지는 아직도 잘 모르겠다. 처음부터 친했던 것도 아니었고, 내가 자수를 즐겨 한다는 이야기를 들은 사람들이 하나 둘씩 관심을 가졌던 것이 시작이었던 것 같다. 그러니까, 모임에 들어오기까지는 마치 이런 분위기였다.

똑똑똑. 여기가 자수하는 곳 맞나요?

네? 무엇을 잘못하셨나요?

아니요, 실과 바늘로 하는 자수를 하고 싶은데요.

아, 예. 제대로 모시겠습니다. 들어오시죠.

그렇게 첫 번째로 J 편집자가, 두 번째는 김복희 시인이, 세 번째로는 A 시인이 합류하게 되었다. 나는 수틀과 천, 실과 바늘을 네 사람 몫을 준비해야 했다. 챙겨야 할 것이 더 많아졌는데 이상하게도 기분이 좋았다. 어쩌다 마지막이 되어 버린 마지막 모임에서 우리는 『삼국지연의』 속 도원결의를 하는 사람들처럼 실 꿰는 도구를 하나씩 나눠 가졌다.(다들 눈이 침침하여 실을 꿰지 못해 번번이 내가 실을 꿰어 주어야 했으므로 도구를 이용하라는 의미의 선물이기도 했다. "복희: 어? 실 빠졌다. / A 시인: 나도 빠졌어. / J 편집자: 저도 빠졌어요, 선생님……." 이렇게 세 시간을 보낸 뒤의 일이었다.) 그것이 스타벅스 혜화역점에서의 일이니 스벅결의라고 해도 좋을 것이었다.

그런데 결의가 무색하게 각자의 생업이 너무도 바빠 그날 이후 우리는 좀처럼 모이지를 못했다. 그렇게 몇 달이 지났다. 봄이 되자 김복희 시인은 식물 자수 사진와 함께 메시지를 보내왔다. "빨리 만나……. 내 손이 실과 바늘을 원합니다!" 손가락이 아프다며 빨간 손끝을 흔들던 첫 모임의 그는 어디 가고, 자수 금단 현상이 남아 버린 시인만이 남아 있었다. 얼른 봐요. 우리 거짓말처럼 다시 만나요. 그렇게 답장을 보냈고, 4월 첫날에 정말 거짓말처럼 시인을 만나기로 했다.

빠짐없이 살뜰하게 자수 도구를 챙겨 나간 것까지는 좋았으나 약속 장소를 착각해 그만 한참 늦고야 말았다. 시인과 약속했던 곳은 한남동의 어느 베이커리였는데, 지도를 잘못 보는 바람에 이태원에 있는 같은 이름의 식당으로 가고 만 것이다. 그리고 다시 되돌아가는 길에는 버스를 잘못 타 한남대교를 건너는 지경에 이르렀다. 만우절에 이런 거짓말 같은 일이라니. 거듭 사과하며 우여곡절 끝에 김복희 시인을 만났다. 괜찮다며 웃는 그에게 서둘러 수틀과 천, 실과 바늘을 건네주고 함께 빵을 나누어 먹으며 자수를 시작했다.

그날 우리가 수놓았던 건 정말로 조그마한 것들이었다. 여러 가지 색을 쓰지 않고 하나의 색으로만 수를 놓았다. 시인은 줄곧 갖고 싶다고 했던 어금니 두 개를, 나는 버터인지 치킨 무인지 모를 작은 사각면체 조각을 수놓았다. 그 시간이 좋았고 우리는 지금 같은 자리에서 자수라는 실과 바늘의 일로 함께하고 있지만, 꼭 그것이 아니더라도 읽기와 쓰기를 함께 하는 것으로 계속해서 이어져 있으리라는 생각이 들었다. 또, 꼭 읽기와 쓰기가 아니더라도 어떤 이야기든 반갑게 나눌 수 있는 친구가 되었다는 확신이 있었다.

그날 이후로 김복희 시인과는 실과 바늘 없이도 만나 맛있는 음식을 나누어 먹고, 맥주를 마시며 한참 이야기하다 헤어지곤 했다. 두 번째 시집 『희망은 사랑을 한다』의 출간을 기념하며 만난 자리에서 그가 시집을 건넸다. 책장을 넘기자 서명과 함께 '사랑을 보여 달라고 한다면?'이라는 물음이 있었다. 웃음이 나왔고, 그 질문에 대해 오래도록 생각했다. 답을 돌려줘야 할 것 같았고, 그 질문 역시도 시인에게 돌려주고 싶었다.

시집의 서명을 "사랑을 보여 달라고 한다면?"이라고 쓰시더라고요. 저는 이 물음을 오래 생각했던 것 같아요. 자연스럽게 시집의 표제작 「희망의 집에는 샤워볼이 있다」를 여러 번 읽었고요. 시에는 "사랑을 보여 달라고 하면 네가 놓고 간 물건을 보여 준다"고 했는데요, 그렇다면 제가 보여 줄 수 있는 사랑이 무엇인지에 대해서 고민하게 되었어요. 우리 집에는 무엇이 있나. 고민 끝에 제가 지금 보여 드릴 수 있는 사랑은 가지런히 감긴 실 뭉치라고 할 수 있을 것 같아요. 정돈이 서툰 탓에 이리저리 풀린 채로 뜨개를 하고 있던 실

뭉치가 동그랗고 가지런하게 감겨 있는 모습. 제 손길이 아닌 타인의 단정한 손길이 닿은 그것을 보여 드리고 싶었어요. 저는 이 질문을 시인님께 돌려드리고 싶어요. 사랑을 보여 달라고 한다면? 시인님이 지금 보여 줄 수 있는 사랑은 무엇인가요?

"처음에는 빨대는 같이 쓰는 것이라고 답하려고 했어요. 특히 요즘에는 저의 면역력을 포기하면서 보여 줄 수 있는 최고의 사랑이죠. 하지만 상대는 그렇지 않을 수 있으니 생각을 조금 바꿨어요. 제게 지금 사랑을 보여 달라고 한다면 초고를 보여 줄 거예요. 초고는 정말 아무에게도 안 보여 주거든요. 「시인의 말」에서 썼듯이 투명하게 들여다보이는 글이잖아요. 여러 분들께 이 질문을 하면서 참 재미있었어요. 굉장히 큰 질문이잖아요. 상대가 어떻게 받아들이는지에 따라 다른 대답을 할 수 있는 질문인데, 어떤 사람은 사랑이라는 관념에 대해 어떻게 생각하는지 이야기하기도 했고요, 또 어떤 사람은 이 질문을 던지는 사람이 당연히 자신의 애인일 거라고 생각하기 때문에 애인에게 사랑을 보여 주는 액션을 취하겠다고 하기도 했어요. 나의 가장 약한 것을 보여 주겠다는 사람도 있지만, 너의 가장 약한 부분을 받아들이겠다고 말하는 사람도 있었어요. 처음 이 질문을 받은 사람이 제 친구였는데 그 친구는 돈을 준다고 했어요. 정말 힘들게 고생해서 모은 돈이기 때문에 가장 값어치 있는 것이라고 하더라고요. 그래서 제가 아무한테나 주면 안 된다고 꼭 검사받으라고 했죠.(웃음)"

—《릿터》26호, 「쓰는 존재」 김복희 시인 인터뷰에서

'사랑을 보여 달라고 한다면?'이라는 물음 자체가 김복희 시인답다는 생각을 했었는데, 그의 답변을 들으니 더욱이 그랬다. 면역력을 포기하면서까지 빨대를 같이 쓰는 것, 그리고 초고를 보여 주는 것. 내가 가장 투명하게 들여다보일 수 있는 부분을 내보이는 것이 김복희가 말하는 사랑이었으니 말이다. 나의 대답은 질문에 미리 밝혀 두었음에도, 다시 한번, 처음 그 질문을 받은 사람처럼 다른 대답을 할 수 있을 것 같다. 또 다른 사랑을 말할 수 있을 것 같다. 그것은 엉킨 실을 잘라 내지 않고 푸는 것이고, 몇 번이고 바늘에 실을 꿰어 줄 수 있는 것이다. 김복희 시인에게 지금 내가 보여 줄 수 있는 사랑이란 그런 것이라고 다시 말하고 싶었다. 그것을 요청하는 이가 당신이라면 얼마든지 할 수 있다는 말도 덧붙이고 싶다.

내가 아는 작업실

이수지 작가와의 인터뷰를 글로 옮긴 것만으로도 이미 충분히 많은 분량이긴 하지만, 사실 지면에 다 담지 못한 것들이 많이 있다. 가령 이수지 작가가 어떤 책에 대해 설명할 때 책을 여는 움직임이나 책 안의 선과 그림들을 짚어 가는 손끝, 나긋하게 이야기를 들려주는 목소리 같은 것이 그렇다. 특히 『그늘을 산 총각』 이야기를 들려줄 때는 동행했던 편집부와 함께 '우와' 하고 감탄을 연발했다. 책 속에서 점점 길어지는 그늘의 그림자만큼이나 작가가 열어 준 세계로 건너가고 싶은 마음도 커지는 시간이었다. 인터뷰를 마치며 이수지 작가가 선물을 건넸다. 『그늘을 산 총각』이었다. 돌아오는 길에 작은 병풍책을 여러 번 열어 보면서 오랜만에 조카에게 다시 책을 읽어 줄 수 있겠다는 생각을 했다. 이수지 작가의 말처럼

> 그림책은 언제나 아이를 향해 있는 매체에 다름 아니었으므로, 오늘 내가 작가를 통해 만난 세계를 아이에게도 보여 주고 싶었다. 얼마 전 아이가 내게 들려준 이야기에 대한 보답이기도 했다. 아주 오래전에 느꼈던 것만 같은 기분 좋은 설렘이었다. 작은 세계가 아이를 기다리고 있었다.
>
> —《릿터》25호, 「쓰는 존재」 이수지 작가 인터뷰 outro에서

「맛으로 기억하는 이야기」에서도 그림책에 대한 이야기를 잠깐 하기는 했지만, 어릴 적 내가 유독 좋아했던 그림책은 맛있는 음식 그림이 잔뜩 나오는 이야기였다. 특히 잘 알지 못하는 외국 음식들이 나오는 책을 좋아했다. 수프나 스파게티, 에끌레어처럼 이름도 어려운 디저트와 푸딩, 젤리 같은 것을 모두 책으로 먼저 맛보았다. 성인이 된 후에는 그림책에 좀처럼 관심을 갖지 않다가 다시 친해진 것이 조카가 태어난 이후부터였다. 말도 알아듣지 못하는 아기를 앞에 두고 그림책을 읽어 주었다. 그러다 조카가 나중에 정말로 책을 좋아하게 되었을 때엔 조금 후회하기도 했다. 책장 앞에 한 번 앉았다 하면 끊임없이 책을 읽어야 했기 때문이다. 하필 아이의 손이 잘 닿은 곳에 그림책 전집이 있어 혼났다.

수많은 책 사이에서도 내가 주로 집어 들었던 것은 맛있는

그림책이었다. 우와, 이것 봐. 진짜 맛있겠다, 그치? 고정 대사를 읊어 대며 이 그림 좀 봐, 하고 슬쩍 책 읽기를 미뤄 두었다. 그러던 중 이수지 작가의 그림책을 읽게 되었을 때엔 조금 충격을 받기도 했다. 이수지 작가의 어떤 책은 읽을 필요가 없었다. 글이 없는 그림책이었기 때문이다. 그런데 글이 없음에도 이야기는 가득 차 있었다. 심지어 읽는 이마다 다르게 말할 수 있는 이야기가 있었다.

글이 없다는 것도 일종의 틀을 벗어나는 자유를 택한 것이지만, 이수지 작가의 그림은 지면의 한계도 가뿐히 뛰어 넘었다. 가수 루시드 폴의 노래를 그림책으로 만든 『물이 되는 꿈』은 병풍 형식으로 이루어져 있다. 책의 앞면에서 이야기가 진행되고 끝나면, 넘겨서 다시 되짚어 가야 제자리로 돌아가게 되는 물리적인 제약을 벗어나 책의 뒷면까지 이용하여 책을 만든 것이다. 이수지 작가의 책을 한 권씩 읽을수록 그가 궁금해졌다. 그리고 무엇보다 궁금했던 건, 이수지 작가의 작업실이었다.

《릿터》 인터뷰를 시작으로 인터뷰어가 된 나에게는 몇 가지 기대가 있었다. 하나는 《릿터》의 전(前) 인터뷰어였던 김세희 소설가가 김금희 소설가를 인터뷰하러 가파도에 갔던 것처럼 멀리 출장 인터뷰를 갈 수도 있겠다는 것, 또 하나는 작가의 작업실로 인터뷰를 하러 갈 수도 있겠다는 것이었다. 그 중에서도 후자에 조금 더 기대를 걸곤 했는데, 작가의 작업실에 대한 로망이 있었기 때문이었다. 작업실이 없는 작가인 나로서는 만약 작업실을 갖는다면 글 작업보다는 자수 공방, 뜨개 공방으로 쓸 것 같긴 하지만, 거주하고 생활하는 집과 분리된 작업 공간을 갖는다면 더없이 근사할 것이었다. 작가가 어떤 환경에서 글을 쓰고 책과 관련된 작업을 하는지를 구경할 수 있다면 즐거울 것 같았다. 그런데 마침 이수지 작가의 인터뷰를 그의 작업실에서 진행한다는 소식을 전달 받았다. 이 사실에 더없이 기뻤다. 작가의 그림을 보고 그의 작업실을 궁금해 하고 있던 참이었는데, 글과 그림이 만들어지는 곳에 방문할 수 있으니 말이다. 부푼 기대를 안고 2020년 여름, 이수지 작가를 만나러 갔다.

이수지 작가의 작업실은 기대한 것만큼이나 멋졌다. 나는 그와 인터뷰를 하면서도 시선을 가만히 둘 수가 없었는데, 그의 어깨 너머로 보이는 책장에 꽂힌 책이나, 곳곳에 놓인 그림들이 자꾸만 눈길을 끌었기 때문이었다. 컵에 꽂혀 있는 색연필이나 늘어진 그림 도구들 또한 인상적이었다. 이수지 작가의 그림책을 보며 든 생각 중 하나는 그는 그림의 재료가 되는 것들의 질감을 참 잘 살리는 이라는 것이었다. 목탄, 연필, 색연필, 크레파스, 심지어 지우개가 지나가는 자리까지. 그의 손끝을 거치면 재료는 더 생생하게 살아났다.

작가님의 책을 보다 보면 자연스럽게 그림의 재료에 관심을 갖게 되더라고요. 저는 작가님이 목탄을 쓰시는 게 참 좋았는데 목탄만을 사용하다가 거기에 색이 섞일 때면 더욱 역동적인 움직임이나 생명력이 느껴져서 인상 깊었어요. 그림의 재료를 고르는 기준이 있으신가요?

"목탄이라는 재료가 익숙하기도 하고, 어떤 움직임을 표현하는 데에 목탄이 적합하기 때문에 잘 사용해요. 목탄은 굉장히 강한 재료예요. 제가 사용하는 압축목탄은 일반 목탄보다 더 단단하기도 하고요. 그래서 아주 강한 선을 그릴 수가 있고, 손으로 부비면 양감도 곧잘 표현돼요. 아이의 움직임을 표현하기에 좋은 재료죠. 그렇지만 목탄을 잘 다뤄서 목탄을 쓴다기보다는 이 책에 목탄이라는 재료가 잘 어울리기 때문에 쓰는 거겠죠. 책마다 조금씩 다른 재료를 쓰려고 노력도 하고요. 『물이 되는 꿈』 같은 경우는 정말로 물로만 그렸고요, 『선』의 경우는 연필 드로잉이니까 처음 시작도 연필과 지우개로부터 출발했어요. 연필이 지나갈 때 사각거리는 소리와 스케이트 날이 얼음을 긁는 소리가 비슷하게 느껴지더라고요. 그런 걸 상상하면서 그렸어요.

『동물원』은 또 분위기가 다르지요. 이 책은 제가 전달하고 싶은 분위기가 있었어요. 동물원인데 굉장히 삭막하고 회색조의 착 달라붙은 느낌이잖아요. 그 안에 있는 사람들을 표현하기 위해서 따로 그림을 그려서 오려 붙였어요. 그런데 아이가 꿈의 세계로 넘어가서 동물원을 상상할 때는 다른 분위기를 나타내고 싶어서 앞에서 보여 주었던 정제된 공간 위에 색을 입히는 방식으로 표현해 보았고요. 재료는 작가의 호불호가 물론 있긴 하지만 이야기가 전달되는 데에 가장 최선의 것을 선택하게 되는 것 같아요. 책마다 여러 가지 시도를 해 보고 있어요. 그림책 안에서 재료는 다 목적이 있어요."

—《릿터》25호, 「쓰는 존재」 이수지 작가 인터뷰에서

이야기가 전달되는 데에 가장 최선인 재료를 고른다는 말, 그림책 안에서 재료는 다 목적이 있다는 말에 고개를 끄덕였다. 시, 소설에서 단어나 작은 어떤 대상도 그 안에서는 다 목적이 있듯, 그림책 역시 마찬가지인 것이다. 그림책 역시 전하고 싶은, 전해야 하는 이야기가 있으므로. 재료를 고르고, 이야기 안에서 적극적으로 표현하는 일. 이야기가 있는 한 그것 역시 문학임을 다시금 실감하게 하는 말이었다.

이수지 작가의 작업실을 다녀온 이후로도 나는 종종

그곳을 떠올렸다. 다른 이의 작업실은 본 적이 없으니, 누군가 내게 작가의 작업실을 그려 보라 한다면 나는 자연스럽게 이수지 작가의 작업실을 떠올릴 것이다. 둥글게 책장이 놓여 있고 빼곡하게 책이 꽂혀 있는 곳, 거실 한 가운데에는 두런두런 모여 앉아 책도 읽고 그림도 그릴 수 있는 커다란 테이블이 있는 곳. 내가 그릴 수 있는 작업실은 이거야, 하고 말하면서 내가 그곳에 잠시 앉아 여름을 피했었다고 이야기하고 싶다.

달리는 인터뷰

인터뷰의 배경은 대개 작가에게 의미 있는 공간이나 작품과 연관된 장소로 정해진다. 이번 인터뷰 장소인 '예산 의좋은 형제 공원'은 두 가지 조건을 모두 충족한다. (뒤에도 나올 테지만) 김혼비, 박태하 작가에게 『전국 축제 자랑』을 시작하게 만든 곳이자 이 책의 첫 장인 「의좋은 형제 축제」의 장소이니 말이다. 설렘과 기대가 부푸는 새에 기차는 어느덧 예산에 도착했다. 역 앞에서 택시를 잡고 의좋은 형제 공원을 외치자 룸미러로 흘긋 쳐다보는 시선이 느껴졌다. 축제도 열리지 않는 지금 거기는 왜? 하는 눈으로 그가 물었다. "예산 분 아니시쥬?" 예산역에서 의좋은 형제 공원으로 가는 이십 분 동안 나는 그에 대해 참 많은 걸 알게 되었다. 내가 사는 곳을 물은 그는 총각 때 그 동네에 사는 아가씨를 쫓아다녔다며 아련한 첫사랑의 기억을 공유했고, 대학 졸업을 앞둔 아들이 다음 주 회사 면접을 보러 부천에 가게 되었는데 데려다줄지 말지 고민이라고도 했다. 만약 데려다주게 된다면 부천 어디 동장을 하는 친한 친구 녀석에게 맛있는 점심을 사 달라고 할 예정이라는 말도. 그렇게 TMI를 늘어놓던 TMT 기사님은 드디어 내게 의좋은 형제 공원에 가는 이유를 물었다. 그곳에서 인터뷰가 있다고 대답하자 그는 기다렸다는 듯이 다시 이야기 턴을 가로챘다. "아니, 그럼 의좋은 형제 공원에 대해서 뭐라도 알아야 인터뷰를 할 거 아녀유? 그 의좋은 형제 공원이유, 옛날 옛적에 아주 우애 좋은 형과 아우가 있었는데……." '옛날 옛적에'로 시작하는 의좋은 형제 풀 스토리를 들으며 정신이 아득해질 무렵 공원에 도착했다. 의좋은 형제 조형물 앞에서 형과 아우를 한 명씩 맡아 어깨동무를 하고 촬영 중인 김혼비, 박태하 작가를 (드디어) 만날 수 있었다.

—《릿터》28호, 「쓰는 존재」 김혼비 · 박태하 작가 인터뷰 intro에서

알고 있던 의좋은 형제 이야기와 다른 것이라고는 택시 기사님의 구성진 목소리뿐이었지만, 김혼비·박태하 작가의 촬영 현장은 지금까지와는 뭔가 달랐다. 축제가 없는 축제장을 배경으로 했기 때문일까? 그곳에서의

그들의 모습은 어딘가 쓸쓸해 보이기도 했는데, 그럴 때면 『전국 축제 자랑』 속 의좋은 형제 축제 현장에 있었던 김혼비·박태하 작가를 떠올렸다. '핑크퐁 상어 가족' EDM에 맞춰 리듬을 타는 두 사람, 막걸리와 파전을 내팽개치고 축제의 중심에서 프러포즈를 외치는 커플을 향해 달려가는 두 사람이 여기에 있었다. 두 사람의 이야기를 떠올리자 자연스레 배경이 그려졌다. 고군분투하는 축제장의 마술사, 무릎 꿇고 반지를 내미는 남자와 고개를 끄덕이며 답례로 벌꿀을 건네는 여자……. 정말이냐고 묻고 싶던 장면들 앞에 'K'를 붙이면 모조리 수긍이 되고 말았다. 그래, K니까.

김혼비·박태하 작가는 의좋은 형제 공원을 배경으로 몇 컷, 그리고 마을의 어느 고택 앞에서 몇 컷의 촬영을 마쳤다. 사진 촬영 후 인터뷰는 당연한 수순이었지만, 문제는 당시 코로나 상황이 좋지 못해 착석하여 대화를 나눌 장소가 없다는 것에 있었다. 사진작가님과 인사를 나누고 남은 네 사람, 김혼비·박태하 작가와 서효인 시인, 그리고 나는 조금 아쉬운 얼굴로 주변을 둘러보았다. 한 시간 반 동안 기차를 타고 예산에 달려왔는데, 30분도 되지 않아 떠날 시간이었다. 자, 가시죠. 서효인 시인의 말과 함께 우리는 그의 자동차에 올라탔다.

다시 서울로 올라가기까지 한 시간 반. 평소의 인터뷰

시간으로는 딱 맞는 시간이었으나, 이번 인터뷰이는 두 명이었다. 빠르게 진행하지 않으면 가는 동안 준비한 질문을 모두 하지 못하고 서면 인터뷰로 넘어갈 수도 있다는 생각에 마음이 조급했다. 게다가 녹취 환경도 이전과 달랐다. 카페를 배경으로 할 때 어느 정도의 소음은 사람의 목소리에 묻혀 전혀 문제가 없지만, 차 안에서는 좁은 공간에서의 움직임이 큰 소리로 들릴 것이었고, 외부 차량의 소음 역시도 가늠할 수가 없었기 때문이었다. 미래에 녹취를 풀 나에게 힘내라는 마음의 응원을 미리 건네곤 곧바로 인터뷰를 시작했다.

서둘러 인터뷰를 진행하는 바람에 자연스러운 대화보다는 기계적인 질문을 던지는 꼴이 되었을 테지만, 두 분의 작가님은 글만큼이나 재치 있는 말들로 유쾌한 분위기를 만들어 주었다. 차내 소음을 걱정했던 나지만, 막상 집에 와서 녹취를 들어 보니 가장 견딜 수 없는 것은 유난히 크게 울려 퍼지던 나의 웃음소리였다. 이렇게나 박장대소를 했었다니……. 부끄러움을 견딜 수 없었다.

그런데 아마 그날 가장 괴로웠던 사람은 마음이 급했던 인터뷰어와 인터뷰이가 아니라, 예산에서 서울까지 침묵의 운전을 해야만 했던 서효인 시인일 것이다. 인터뷰에 조금의 방해도 되지 않도록 스무스한 드라이빙으로 우리를 편안하게 대화할 수 있게 했고, 안전하게 귀가시켜 준 서효인 시인에게 다시 한 번 고마운 마음을 전하고 싶다. 예산에서 서울로 올라오는 길에는 작은 쉼표 하나가 있었다. 잠시 쉬었다 가자며 휴게소에 멈춘 덕분에 숨 가빴던 인터뷰에도 틈이 생겼다. 그때 함께 나누어 먹었던 꽈배기와 커피의 맛을 잊을 수가 없다.

잠시 숨을 돌린 덕분에 인터뷰는 도착 예정시간을 10분도 채 남기지 않고 끝이 났다. 미리 준비하지는 않았지만 마지막 질문으로 무엇을 할까 하다가 문득 '지리산 산청 곶감 축제'가 떠올랐다. 지리산 산청 곶감 축제는 『전국 축제 자랑』의 마지막 장에 실린 글이다. 그리고 두 작가를 만났던 2021년 1월에 마침 축제가 진행 중이기도 했다. 코로나로 인해 오프라인이 아닌 온라인으로 개최되었지만, 온라인으로도 많은 사람들이 참여할 수 있는 여러 프로그램이 시행되고 있었다.

김혼비·박태하 작가를 만나기 전 나는 미리 지리산 산청 곶감 축제가 열리고 있는 홈페이지를 들여다보았는데, 축제 프로그램 중에서 인상 깊었던 것은 '지리산 산청 곶감'으로 7행시를 짓는 것이었다. 제법 어려운 제시어라고 생각하면서 참여 페이지를 보았는데 아직 종료 기간이 남았음에도 참여 게시판의 페이지 수가 10개가 넘어갈 정도로 많은 사람들이 7행시를 응모한 것을 보고 놀라움을 금치 못했다. 그리고 이 중에 어쩌면 김혼비·박태하 작가의 이름이 있을지도 모르겠다는 생각을 했다. 그 생각이 마침, 두 작가와 인터뷰를 끝내기 직전에 다시 떠오른 것이다. 온라인 축제에 7행시를 짓는 프로그램이 있다고 하자 두 사람은 이미 알고 있다고, 박태하 작가는 참여해 볼까 하는 생각을 하기도 했다는 말을 했다. 인터뷰의 마지막으로 두 작가의 '지리산 산청 곶감' 7행시를 가로채기로 했다. 녹취 원고를 드릴 때 다시 요청드리겠다는 이야기를 하고 서둘러 차에서 내렸다. 녹취 원고와 최종 원고 사이 우리는 몇 번의 메일을 주고받았다. 그 사이에 도착한 7행시도 있었으나, 인터뷰이가 두 명인 만큼 분량이 차고 넘쳤기에 결국 최종 원고에는 싣지 않았다. 지리산 산청 곶감 축제 담당자는 모르지만 나만 아는, 내게는 단연코 1등인 이 7행시를 여기에나마 공개하고 싶다.

2021년 1월 19일(화) 오후 17시 43분

제목: RE: 선생님들, 안녕하세요. 릿터 인터뷰 녹취원고 보내드려요!

릿터(28호) 김혼비×박태하 작가 인터뷰 녹취원고_인터뷰이 수정본.hwp

지 금까지

리 (이)렇게

산 만한디

산 만한 저희의 이야기들을

청 자로서 들어주신 소유정 선생님께

곶 감을 언젠가 선물로 드리고 싶습니다

감 사합니다 크크

그날, 차 안에서 긴박하게 나누었던, 그러나 웃음소리만큼은 어느 때보다도 컸던 시간이 내게는 달달하고 쫀득한 곶감과 다르지 않았다. 인터뷰를 하고 얼마 지나지 않아 두 작가는 『전국 축제 자랑』을 단행본으로 출간하였다. 한 권의 책으로 만나 보니 더 실감나고 재미있는 이야기들에 웃음 지으며 나누었던 대화의 어느 부분을 떠올리기도 했다.

코로나가 종식되면 가 보고 싶은 축제 또는 이 책에 소개된 축제 중에서 다시 방문하고 싶은 축제가 있다면요?

김혼비 — "가 보지 못한 축제 중에서 가고 싶은 곳은 두 군데가 있어요. 하나는 「통영 한산 대첩 축제」인데요, 통영이 이순신 장군으로 되게 유명하잖아요. 사실 저는 이순신 장군에 대한 관심이 그렇게까지 크진 않아요. 제가 관심 갖지 않아도 이미 너무 관심을 받고 계시니까…….(웃음) 그런데 「통영 한산 대첩 축제」는 가 보고 싶었던 이유가 축제의 메인 행사 중에 바다에 거북선 모형이랑 통영의 어선이 함께 한산대첩 때의 학익진을 그대로 재현한다는 거예요. 심지어 그날을 위해 어선들이 합을 맞춰서 학익진을 그리는 연습을 한다는 거예요. 그건 눈으로 꼭 보고 싶더라고요. 너무 웃길 것 같기도 하고 멋있을 것 같기도 하고 직접 보면 어떤 기분일지 궁금해서 인터넷에서 사진도 찾아보지 않고 있어요. 알고 가면 재미가 없을 것 같아서요. 그리고 또 하나는 지방 도시의 쇠퇴를 다룬 여러 책들 중에 마강래 교수님의 『지방도시의 살생부』(개마고원, 2017)를 인상 깊게 읽었는데요. 그 책에 30년 후 사라질 도시를 순서대로 리스트 업한 자료가 있어요. 그중 1순위가 전남 고흥이라고 해요. 그래서 고흥이라는 지역에는 꼭 가 보고 싶다는 생각이 들었어요. 도시 하나가 사라지는 건 하나의 소중한 세계가 사라지는 것이어서 상상만 해도 아깝고 안타깝고 그래서 어떻게든 기록으로 남겨 보고 싶다는 마음이 있어요. 고흥이 나로호로 유명해서 「우주 항공 축제」가 있어요. 그 축제에도 꼭 한번 가 보고 싶어요."

박태하—"책에 실린 열두 개 축제를 고를 때도 그랬는데 일단 이름을 들었을 때 '이거 뭐 하는 데지?' 싶은 생각이 드는 축제에 꽂히는 편이에요. 후보였다가 아깝게 탈락한 축제 중에서 기억에 남는 걸로는 「단양 쌍둥이 힐링 페스티벌」이 있어요. 단양이 쌍둥이와 무슨 관련이 있는지 찾아봤지만 제가 찾은 선에서는 아무것도 발견하지 못했어요. 쌍둥이와 힐링도 도무지 어떠한 연관이 있는 것인지 알 수 없지만요…….(웃음) 그리고 또 「남해 보물섬 미조항 멸치 축제」, 「양구 DMZ 펀치볼 시래기 축제」도 축제에서 무엇을 할지 전혀 모르겠어서 정말 궁금해요. 멸치와 시래기로 점철된 축제장이라니……. 약간 카테고리를 달리하면 옛날부터 있었던 지역민들의 축제에도 가 보고 싶어요. 군민의 날이 지역민 축제로 발전한 경우가 종종 있더라고요. 예를 들면 「철원 태봉제」, 「양구 양록제」등은 면 단위의 체육대회와 결합해서 진행이 된다고 해요. 그런 축제의 분위기도 한번 느껴 보고 싶어요."

—《릿터》28호, 「쓰는 존재」 김혼비·박태하 작가 인터뷰에서

김혼비·박태하 작가를 만나고 와서 이런 생각을 했다. 우리의 일상의 안녕을 위해서 코로나는 하루 빨리 종식되어야 하지만, 두 작가가 하루 빨리 또 다른 축제들을 즐기고 이렇게나 재미있는 축제 이야기를 들려주기 위해서라도 얼른 끝나야만 한다고. 통영 한산 대첩 축제,

우주 항공 축제, 단양 쌍둥이 힐링 페스티벌, 남해 보물섬 미조항 멸치 축제, 양구 DMZ 펀치볼 시래기 축제, 철원 태봉제, 양구 양록제. 그들과의 대화에서 길어 올린 다음 축제 방문지만 하더라도 벌써 책 한 권이 뚝딱이다. 머지않은 미래에 다시 축제가 시작될 것이다. 축제가 있는 축제장에서 두 사람을 다시 만나고 싶다. 그들의 또 다른 이야기를 책으로 기다리는 것은 물론이다.

문학과 닮은 자수 3

— 백 스티치

백 스티치(Back Stitch)는 가장 기본적인 자수 기법 중 하나다. 우리나라 말로는 박음질이라고 불리는 기법으로, 학창시절 실과 또는 가정 시간에 실과 바늘을 잡아 본 이라면 모두 해 보았을 법하다. 그럼에도 너무 오랜 시간이 흘러 기억이 나지 않거나 그저 '꿰매기'를 목표로 수행평가에 임했던 학생들이 있을 수 있으니 그림과 함께 설명해 보고자 한다.

아래의 그림에서 알 수 있듯이 백 스티치는 시작점 한 땀 앞에서부터 출발하여 뒤로 돌아가면서 수를 놓는 방식이다. 그러니 자수를 쭉 진행해 보면 전부 한 발씩 되돌아가면서 점차 앞으로 나아가는 스티치라는 것이 눈에 보인다. 백 스티치로 수를 놓으면 앞면은 한 줄로 보이지만,

되돌아온 만큼 뒷면은 두 줄로 진행이 되었음을 알 수 있다. 간단하지만 아주 튼튼하게 원단을 연결하기 때문에 백 스티치는 가장 많이 쓰이는 자수 기법 중 하나다. 그러니

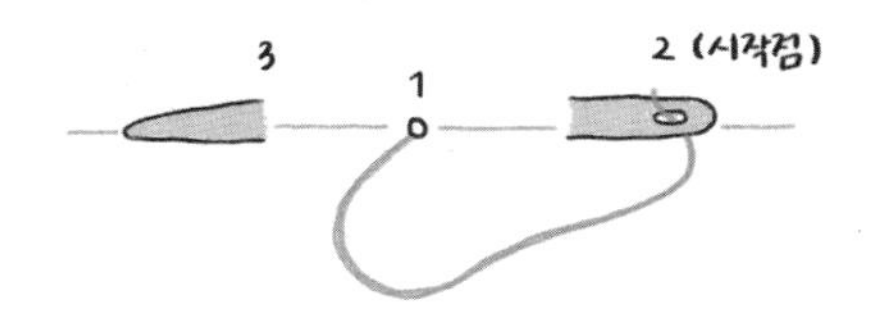

1번에서 나온 후 2번으로 되돌아가 3번으로 나온다.
스케치의 시작점이 2번이므로 시작점의 한 발 앞에서 시작!

정규 교육과정에서도 다루었던 게 아니었을까.(사실은 잘 모른다…….) 하지만 아무리 간단하고 기본적이라고 해도 백 스티치를 예쁘게 수놓기란 쉽지 않은 일이다. 백 스티치는 주로 일직선의 자수를 놓을 때 쓰이는데 초심자의 경우 한 줄을 전부 수놓았을 때에 일정한 땀을 유지하는 경우는 드물다. 매우 단순하지만 적당하고 같은 길이의 땀으로 자수를 끝마치는 것이 백 스티치의 중요한 포인트이기도 하다.

길게 늘어진 선을 따라 한 땀 한 땀 실로 궤적을 그리며

나아가고 있으면 백 스티치 기법이 꼭 글을 쓰는 일, 그것도 비평의 일과 많이 닮아 있다고 느껴진다. 시작점의 한 걸음 뒤에서 출발하는 모습은 모든 작품을 다 읽은 후, 가장 뒤에서 시작되는 비평 글을 떠올리게 한다. 원단의 면과 면을 이어 주는 것에 자주 쓰이는 스티치라는 점에서도 그렇다. 작품과 독자를 이어 주고, 작품에 유효한 해석을 한 걸음 한 걸음 덧붙인다는 비평의 모습이 자수의 움직임과 유사하기 때문이다.

요즘 출간되는 책에는 예전만큼 작품에 대한 해설이 많이 붙지 않는다. 문예지에서의 비평 지면의 비중 또한 줄어든 추세다. 이전에는 당연하게 여겨졌던 해설이나 평론의 영역에 대해 필요를 묻고 있는 셈이다. 이에 대해서라면 정확한 언어로 말하기는 어렵겠지만, 나는 자수에서의 백 스티치가 중요하듯 비평 역시 문학 안에서 어떤 형태로든 반드시 쓰여야 하는 것이라고 생각하다. 앞으로 나온 바늘이 한 걸음 뒤에 다시 꽂혀야만 비로소 완성되는 한 땀처럼 작품의 이후를 날카롭게 파고드는 비평으로 문학은 좀 더 단단해질 수 있다고 믿기 때문이다.

나는 지금 한 땀 한 땀 나아가고 있다. 작품과 작품 사이를 파고드는 나의 바늘이 얼마나 날카로운지, 매끄러운지, 가지런한 수를 놓고 있는지에 대해서는 확신할 수 없다. 다만 나의 한 땀은 신중했으며 단조롭지 않게끔 실의 색을 바꾸며 나아가고 있다는 사실만은 분명하다. 이정도면 바늘의 일이 아니라 실의 일인가 싶지만, 아무래도 좋았다. 실과 바늘이 친구이듯, 읽기와 쓰기, 창작과 비평 역시 그러하니까.

문학 곁의 뜨개 3
— 미스터리 니트

미스터리한 것들은 왜 전부 재미있을까? 그러고 보면 어렸을 때부터 수수께끼와 스무고개 같은 것을 좋아했다. 몸으로 뛰어노는 일보다 알고 싶은 것들을 향해 다가가는 알쏭달쏭한 놀이가 더 재미있었다. 중학생 때엔 일본 추리 소설에 빠져 있었다. 도서관을 들락거리며 좋아하는 작가들의 소설을 도장 깨기 하듯 하나씩 읽어 나갔다. 미야베 미유키, 히가시노 게이고, 온다 리쿠, 우타노 쇼고……. 그 이름들을 떠올릴 때면 그 시절 활자로 느꼈던 긴장과 섬뜩함이 다시 찾아오는 것 같다. 고등학생 때는 인터넷 미궁에 빠져 있었다. 인터넷 미궁은 사람들이 만든 미궁 홈페이지에 접속하여 도메인의 가장 끝 부분에 정답을 써 다음 탄으로 넘어가는 식이었다. 아무리 머리를 싸매도 어려운 것은 도저히 풀리지 않아서 문제집 뒤의 해설지를 넘겨보듯 미궁 공략법을 검색해 보곤 했다.

성인이 된 후 지금까지 좋아하는 건…… 음모론이다. 귀가 얇아 곧잘 믿기도 하지만 대개 흥미로운 가설을 보는 기분으로 음모론을 찾는다. 좋아하는 음모론은 주로 우주에 대한 것인데, 그 중에서도 달 공동설과 지구 종말론을 좋아한다. 달 공동설은 달의 속이 텅 비어 있다는 가설인데 너무 좋아한 바람에 「다글다글한 마음」에서도 이야기한 것처럼 소설 창작 수업 시간에 소설의 한 장면으로도 썼다. 그리고 아직까지 나의 소설에서 그 부분만을 좋아할 수 있는 이유 또한 달 공동설이라는 음모론으로부터 출발한 장면이기 때문일 것이다.

지구 종말론은 2012년 이후로 조금 시들해졌다. 마야인의 달력에는 2012년 12월 21일 이후가 없다는 것이 지구 종말론의 가장 강력한 근거였는데, 당연하게도 2012년 12월 21일에는 아무런 일도 일어나지 않았고, 여전히 지구는 존재한다. 하지만 2012년 12월 21일. 지구 종말론을 꽤 오랫동안 믿고 있던 나로서는 여간 긴장되는 날이 아닐 수 없었다. 정말 오늘의 삶의 마지막이라면 어떡하지…… 가족들과 시간을 보내야 하나……싶었지만, 그날도 개미는 아르바이트에 가야 했다. 마침 크리스마스를 앞둔 금요일이었기에 지구 종말의 날이라는 걸 까맣게 잊을 정도로 바빴다. 너덜거리는 몸을 이끌고 퇴근을 하니 어느새 밤이었다. 아마 이대로라면 별 일 없이 오늘 하루가 또 지나가고 내일을 맞이할 것 같았다. 주위를 둘러보니 행복해 보이는 사람들뿐이었고 나 말고는 아무도 종말이나, 생사의 갈림길에 대해서는 관심이 없는 것 같았다. 그런 이들이 가득한 거리에 서 있으니 왠지 모르게 전에 없던 용기가 생겼다. 곧장 발걸음을 옮겨 닿은 곳은 집이 아니라 귀걸이 가게였다. 2012년 12월 21일. 나는 지구가 멸망하지 않은 것을, 그리고 내가 죽지 않은 것을 기념하기 위해 처음으로 귀를 뚫었다. 죽지는 않았으니 오래 남을 상처를 몸에 간직하고 싶었다. 너무 사소하고 보잘것없지만 아직도 나는 귓불을 만질 때에 살아 있음을 느낀다.

수수께끼와 스무고개, 추리 소설과 인터넷 미궁, 그리고 음모론을 지나 요즘 내가 제일 좋아하는 미스터리는……「여고 추리반」이나 「대탈출」, 또는 「꼬리에 꼬리를 무는 그날 이야기」를 보며 미스터리 니트를 하는 것이다. 미스터리 니트라니! 처음에는 그냥 뜨개질도 한번 꼬이면 진짜 미스터리인데 뭐가 또 미스터리야? 싶었으나, 미스터리 니트에 대해 조금 알게 된 후에는 흥미를 거둘 수가 없었다.

미스터리 니트는 해외 뜨개인들 사이에서 행해지는 것으로 뜨게 될 것에 대해 최소한의 정보만을 가지고 니팅을 하는 것이다. 그러니까 뜨개 작가는 최소한의 요구 사항과 도안만을 명시하는 것을 원칙으로 한다. 이것은 원색의 실이 어울리고, 검정색과 같이 편물이 잘 보이지 않는 어두운 색상의 실은 피해야 한다. 몇 미리 바늘을 써야 하며 실 소요량은 대략 얼마 정도이다. 미스터리 니터는 이에 따라 실과 바늘을 준비하면 그 다음은 바로 도안이다. 몇 코를 잡아야 하는지, 1단에서는 겉뜨기와 안뜨기가 몇 번인지와 같은 짤막한 약식 도안을 따라 무엇이 될지 모를 것을 뜨면 된다. (정말 오싹하지 않은가……?) 대부분의 뜨개 도안이 그림 도안이나 서술형 도안으로 이루어진 데 반해 미스터리 니트는 미스터리의 형식을 정확히 지킨다. 작가의 지시에 따라 뜨긴 하지만 완성을 하기 전까지는 무엇이 나올지 쉽게 가늠할 수가 없다는 데에서 묘한 긴장이 유지된다.

또 한 가지 재미있는 점은 미스터리 니트를 완성한 이후에도 다른 사람을 위해 완성작을 사진 찍어 올리거나, 작품에 대한 코멘트를 하면 안 된다는 것이다. 이 절대적인 룰은 주말 동안 유지되어야 한다. '미스터리 니트'의 앞에 붙는 수식어가 '프라이데이 나이트'이기 때문이다. 금요일 밤의 미스터리한 뜨개라니. 해외 뜨개인들은 불금 치맥처럼 불금 뜨개를 하는 것인가. 그렇다면 참 부러웠다.

그러 보니 케이트 제이콥스의 소설 제목 또한 『금요일 밤의 뜨개질 클럽』이었다. 워커 모녀 수예점에서 매주 금요일마다 열리는 뜨개질 클럽에서는 뜨개질거리만이 아니라 일상의 작은 부분까지 공유되었다. 그 안에서 인물들은 서로 위로하고, 위로해 줌으로써 또 다음 한 주를 살아갈 힘을 얻곤 했다. 금요일 밤, 미스터리 니트를 하고 있으면 왠지 그들과 함께 있는 것 같다. 내 손에서 무엇이 만들어질지, 다음 일주일 동안 어떤 일이 일어날지 알 수 없지만 그럼에도 매일을 사는 것처럼 마저 한 코를 뜬다. 어느새 형체가 드러나고 있다. 그것이 어떤 모양인지는…… 진정한 미스터리 니트를 위해 영원히 비밀에 부친다.

4부

어떤 단어들의 맛

문학작품 속 사랑 고백이라 하면 셀 수 없이 많겠지만, 그 중 많은 이들의 기억에 남은 것이 있다면 무라카미 하루키의 『노르웨이의 숲』에서의 한 장면이 그럴 것이다. 와타나베가 미도리에게 너를 '봄날의 곰'만큼이나 좋아한다고 말하는 장면을 떠올려 보자. '봄날의 곰'이 무슨 뜻이냐고 묻는 그녀에게 와타나베는 이렇게 답한다. "네가 봄날의 들판을 혼자서 걸어가는데, 저편에서 벨벳 같은 털을 가진 눈이 부리부리한 귀여운 새끼 곰이 다가와. 그리고 네게 이렇게 말해. '오늘은, 아가씨, 나랑 같이 뒹굴지 않을래요.' 그리고 너랑 새끼 곰은 서로를 끌어안고 토끼풀이 무성한 언덕 비탈에서 데굴데굴 구르며 하루 종일 놀아. 그런 거, 멋지잖아?"[16] 어쩐지 읽는 이로서는 조금 간지러운 표현이지만, 사랑하는 그녀로부터 최고라는 반응을 이끌어 냈으므로 그의 고백은 성공적이다. 이처럼 지금까지도 사랑을 말할 때 '봄날의 곰'이 회자되는 건 그만큼이나 사랑의 기쁨을 구체적이고 천진하게 말하는 이가 없었기 때문일 것이다.

그리고 여기, '봄날의 곰'만큼이나 가득 찬 기쁨을 노래하는 시인이 있다. 배수연의 『조이와의 키스』(민음사, 2018)는 그런 기쁨이 곳곳에 묻어 있는 시집이다. 그중에서도 특히 1부는 꼭 누군가(아마도 '조이'라는 이름의 시적 대상)에게 들려주고 싶은 사랑 고백들로 채워져 있다. 배수연 식의 사랑 표현은 이렇다. "나를 모두 비워 너에게 줄게"(「여름의 집」), "너에게 순도 100퍼센트의 일요일을 줄게"(「닥터 슬럼프」), "이 산으로 네게 궁전을 지어 줄게"(「고백 — 아이들에게」), "세상에서 가장 가느다란 눈썹을 꺼내 네 발에 시를 적었어"(「오로라 꿈을 꾸는 밤」), "매일매일 너에게 선물을 주고 싶어", "나의 눈은 너의 곁에서/ 깜빡깜빡 입맞춤을 하고 있을 거야"(「청혼」).

롤랑 바르트는 사랑하기 때문에 얼마나 사랑하는지를 감춰야 하며, 드러내야 할 것이 있다면 내가 감추는 것이

16 무라카미 하루키, 양억관 옮김, 『노르웨이의 숲』(민음사, 2017), 388쪽.

있다는 사실이어야 한다고 말했지만, 배수연에게 이는 성립되지 않는 명제다. 그에게 사랑은 감춰야 할 것이 아니라, 더욱 드러내야만 하는 대상이다. 그렇기에 시인은 '나'의 사랑을 보여 주면서도 그것으로 '너'를 소유하려 들지 않고, '너'에게 '나'를 모두 내어 주는 것으로 사랑을 말한다. 성급히 내 것으로 만들기 위한 고백의 오류 또한 그는 가뿐히 뛰어 넘는다. '넌 내꺼야'(You're mine) 하지 않고, '난 네 꺼야'(I'm yours)라 말하는 것으로, 증여로서의 사랑과 그러한 사랑에서 오는 기쁨을 여과 없이 드러내는 것이다.

특별한 점은 시인이 기쁨을 전하는 방식에 있다. 이미 시(詩)라는 특별한 언어를 통해 전달되고 있기는 하지만, 배수연의 시는 그것을 이루는 방식에서 차이를 갖는다. 그의 시 '짓기'는 마치 시 「유나의 맛」에서 '유나'가 그림을 그리던 손으로 밥을 '짓는' 것과 유사하게 나타난다. "유나가 종일 매달린 그림을 먹는 일과 김 나는 밥을 그리는 일과 유나가 캔버스를 삶고 물감을 굽고 기름을 바르고 커튼을 담그고 앵무새를 튀기고 촛불에 양념장을 칠하는 그런 시간은 소중하지"(「유나의 맛」). '유나'의 손에 의해 그림과 요리의 행위는 쉽게 전도되지만 분리되지는 않는다. 오히려 어우러짐으로써 '유나'만의 맛으로 감각된다. 그림의 재료 또는 소재로 요리하고 맛을 낸다는 것. 이 행위에서 '그림'을

'시'로 바꿔 보면 어떨까. 시의 재료 또는 소재로 요리하고 맛을 낸다는 것. 이것은 배수연의 시 '짓기'와 다름없지 않은가.

배수연 시의 맛은 시의 재료가 되는 것, 즉 시어(詩語)를 세심하게 살피고 쓰임에 맞게 사용하는 것에서 온다. 시인의 요리(시)는 이런 식이다. '저, 수지', '물과 방과 우울'과 같이 낱말을 조각내고, 조각난 상태의 시어 그 자체를 맛보게 하거나, 또는 '토스트', '핫도그', '딸기 잼'처럼 맛이 분명한 재료들은 그것의 기표만으로 새로운 요리를 탄생시키며 무슨 맛일까 상상해 보게끔 만든다. "너희는 내 생강이 궁금할 거다"(「살아 있는 생강」)라는 말에 고개를 끄덕이게 되는 까닭이 여기에 있다. 그러므로 배수연 시의 맛은 '유나'의 맛을 곱씹으며 소중한 시간을 가늠해보는 화자처럼 시어를 발음해보고, 입안에서 굴러다니는 소리를 잡아 감각하는 것에서 온다. 이를 읽는 이의 기쁨(joy)이라고 말해도 좋지 않을까.

배수연의 첫 시집이 기쁨의 고백을 시로써 구체화하는 작업이었다면, 유계영의 두 번째 시집 『이제는 순수를 말할 수 있을 것 같다』(현대문학, 2018)에는 또 다른 고백이 스며 있다. 그의 고백이란 스스로 주저해 왔던 어떤 말하기에 대한 다짐과 같은 것인데, 그러한 시도는 시인-주체가 뱉어 보고자 하는 말을 체감할 수 있고, 포착할 수 있는 순간에야 가능하다. 사실 유계영의 발화 의지는 첫 번째 시집 『온갖 것들의 낮』(민음사, 2015)에서부터 시작되었던 것이지만, 첫 시집이니만큼 시인은 그런 단어를 섣불리 꺼내어 보기보다, 소리내기 위해 존재해야만 하는 시적 자아를 구축하는 일에 더 힘써 왔다. "나의 기분은 어디에서 오는 걸까"(「모형」), "내가 누구인지 모르겠어요"(「온갖 것들의 낮」)와 같이 '나'로부터 시작되었지만 결국 '나'를 이루는 '온갖 것들'에게로 돌아가는 물음이 그것을 증명한다, 이렇듯 스스로에 대한 물음표를 거듭하며 비로소 얻게 된 주체의 언어로 상자에서 빠져나올 수 있었던 것이 『온갖 것들의 낮』에서의 일이라면, 이 작은 두 번째 시집은 상자 밖의 시적 주체가 미뤄 두었던 발화를 시작하려는 움직임과 같다.

지금까지 '나'의 말하기는 대개 "미래라고 부를 수 있는 상상은/ 한 번쯤 살아본 듯한 인상을 주었다"(「샘」)거나, "희망에 대해 말할 때/ 쑥스러워 하지 않는 것"(「악필 연습」), 그리고 "지금은 사랑이라는 단어를 말하지 않았다", "여기까지가 내가 말할 수 있는 슬픔이다"(「횡단」)와 같이 말하기에 앞서 망설임을 동반하거나 발설 가능한 것들에 한하여 이루어졌는데, 그 이유는 아마 "오래 바라보아도 다른 것이 되지 않는"(「횡단」) 속성 때문일 것이다. 오래 바라본다는 것은 긴 시간동안 응시한다는 말이기도 하지만, 염원한다는 뜻이기도 하다. 응시하고, 염원하여도 '미래'로, '희망'으로, '사랑'으로 바뀌지 않는 것들, 그러다 끝내 '슬픔'으로 귀결되고 마는 것들이 있다. 바라보아도 달라질 것이 없다면 어떻게 해야 할까 고민하는 사이 들려오는 시인의 목소리는 일종의 계시로 다가온다. "보이지 않는 것을 보인다고 생각하면 되잖아."(「에세이: 공장 지나도 공장」)

눈앞에 현현되지 않는 것일 뿐 없는 것도, 없었던 것도 아닌 것들을 시인은 다시금 불러들인다. 가능했던 단어들이 떠오르는 순간은 어느 특별한 시간이 아니라, '나'의 곳곳에 존재하는 것들이다. "꼭 길이 아닌 곳으로만 가려 하는 개와 어린이가 수풀 속으로 뛰어"(「언제 끝나는 돌림노래인 줄도 모르고」)들 때, "바쁘게 버스를 탔었고 다시 버스에 올랐을 때"(「한 점을 지나는 사람」), 그리고 사거리 앞에 서 있는 '나'를 발견할 때. 그런 순간에 직면하고 나서야 입을 열게 되는 것이다. "이제는 순수를 말할 수 있을 것 같다"(「잘 도착」)고.

이제 막 입을 뗌과 동시에 주체는 "겨우 한 걸음" 발을 내딛어본다. 스무 편의 시가 묶여 있는 이 시집은 앞서 말한 대로 주체에게 있어 발화의 시작이라는 하나의 움직임이기도 하지만, 이후의 시의 방향에 대한 시인의 전언(傳言)이기도 하다. "보여주겠다/ 내가 어떻게 길을 잃는지"와 같은 선언에서 우리가 알 수 있는 건, 유계영에게 앞선 것은 길을 잃는 것에 대해 두려움이 아니라는 점이다. 그는 잃을지언정 출발지로 돌아가지 않고, 한번 들어선 길에 대한 관심을 결코 거두지 않는다. "멈추고 싶은데 전진하는 것", "나아가고 싶은데 정지하는 것"(「잘 도착」)은 '나'의 의지 아닌 의지로 행해지는 것이지만, 전진하고 정지하는 사이, 예상하지 못했던 어떤 순간에 그가 말할 수 있는 단어들이 펼쳐지고 있기 때문일 것이다. 그렇기에 시인의 방향이, 걸음이 어느 쪽을 향하고 있다고 하더라도, 또 갑자기 다른 쪽으로 돌아설지라도 그가 바라는 목적지에 '잘 도착'하리라는 믿음이 우리에겐 있다.

두 개의 입술이 있다. 우리가 시에서 다채로운 맛의 기쁨을 느끼는 순간, "조이라고 말하면" "그래 나는 조이"라고 "한 번 더 말해 주는 입술"(「조이라고 말하면 조이라고」, 『조이와의 키스』)이 있다. 기쁨을 더해 오며 포개지는 입술이 있다. '조이와의 키스'는 이런 맛이라고 말할 수 있는 입술이 있다.

또 하나의 입술은 다물어진 틈새가 벌어지기를 기다려 주어야 하는 입술이다. 주저하던 말이 마침내 어느 순간에 이르러서야 조심스럽게 터져 나오는 입술이고, 그 입에서 나오는 '순수'와 같은 말들을 따라해 보고 싶은 입술이다.

기쁨과 순수, 그런 단어를 믿어 주고 싶은 입술들이 있다.
앞으로 두 입술에서 어떤 단어가 흘러나올지는 알 수 없지만,
또 다른 기쁨과 순수를 전해 오리란 건 분명하다.

연루 너머의 연대

박민정의 첫 번째 장편소설을 모두 읽고 책을 덮었을 때, 그러니까 소설의 제목과 다시 마주했을 때, 당연한 소리일 수도 있겠지만 이 소설을 말하기 위해서는 『미스 플라이트』라는 제목에서부터 시작해야 한다고 생각했다. '미스 플라이트'가 '놓쳐 버렸다'는 뜻인지 아니면 '미혼 여성에 대한 호칭'으로, 유나의 직업이기도 했던 승무원을 뜻하는 것인지 정확히 알 수 없지만, 긴 이야기가 끝났을 때엔 하나의 이미지만이 또렷하게 남아 있었다. 중력을 거스르려는 움직임, 도약을 꿈꾸는 애처로운 몸짓의 한 사람. '미스 플라이트'는 다단하고 거대한 삶의 중력에 마주했던 죽은 유나에 대한 정확한 은유다.

그러므로 소설의 시작, 유나의 일기가 비행기가 이륙하는 순간을 환기하고 있다는 점은 우연이 아닐 것이다. "중력을 이기는 힘."(8쪽) 유나에게 삶의 과제가 있다면, 아마 그 힘을 기르는 것이 아니었을까. 사범대를 졸업하고 임용시험을 준비하던 그녀가 갑자기 승무원이 된 것도, 포기했던 수영을 다시 배운 것도 그러한 노력의 일환이었을 것이다. 하지만 물리적인 힘을 이겨 내고자 하는 유나의 노력은 사실 그녀를 일종의 '규칙'으로 짓눌러 왔던 또 다른 힘들에 대한 알레고리와 다름 아니다. 이때의 힘은 한 개인의 움직임만으로는 거스를 수 없을 만큼 단단하게 조직되어 있으며, 무엇보다 수직적인 구조로 이루어져 있다는 점에서 특징적이다. 이를 중력에 빗대어 볼 수 있는 건, 유나가 그러한 구조의 말단에 위치해 있었기 때문일 것이다.

언제부터였을까, 견뎌야 했던 건. 묻는다면 그녀는 태어났을 때부터라고 답하지 않을까. 군인이었던 아버지 정근은 군대식 위계질서를 가정에 그대로 적용시켰고, 더욱 엄격해진 가부장제 질서 속에서 유나와 엄마는 늘 숨죽이고 살아야만 하지 않았나. 언제나 불편한 느낌이 유년을 지배하고 있었지만 표출할 수 없었던 어느 날, 균열의 계기는 뜻밖의 순간에 찾아온다. 바로 정근의 운전병이었던 영훈 부부가 유나를 납치한 사건이다.

그동안 박민정의 소설을 성실하게 읽어 왔던 독자라면 그의 소설에서 납치 모티프가 처음이 아니라는 사실을 알고 있을 것이다. 그런데 『미스 플라이트』에서의 유괴 사건은 이전과는 조금 다른, 변주된 형태의 것이다. 유나를 납치하던 순간만큼은 영훈의 우발적인 선택이었을지 몰라도, 이후 영훈 부부의 집에 머물기를 택하는 건 유나였기 때문이다. 해설에서 짚어 내듯, 이 사건은 "유나의 공모"(233쪽)로 인해, '유괴 사건'에서 유나의 자발적인 '가출'로 변모한다. 즉, 유나가 사건의 대상에서 주체로 자리를 옮기는 셈이다. 그것이 스스로의 선택이었다는 점에서 이 일은 유나에게 있어 하나의 전환점이 되었던 것이 분명해 보인다. 이전까지는 아버지의 질서 아래서 벗어날 수도, 어떻게 벗어나야 하는지도 몰랐던 삶이었다면, 영훈 부부의 집에서 보낸 3일은 그녀에게 '무중력 체험의 시간'과도 같았으리라. "땅에 묶여 살아가야 하는 인간의 운명을 잠깐 벗어나는 시간"(75쪽), 그 시간을 경험한 유나는 더 이상 이전으로 돌아가지 않는다.

그러나 견고한 구조 밖을 벗어나는 일이 한순간에 가능하지는 않을 터, 더군다나 정근은 이 사건 자체를 알지 못했다. 유나가 가부장제 구조 밖으로 탈주하게 되는 건,

방산 비리 사건에 아버지가 연루되어 있다는 것을 알게 된 이후다. 조직 내부에서 아버지가 누군가에게 강압적이었고, 그것이 누군가를 죽음으로 내몰았다는 걸 알았을 때, 유나는 아버지를 향해 똑바로 눈을 맞춘다. 딸의 '똑바로 살라'는 말 한마디. 그 이후 무자비한 폭력이 있었고, 이별이 있었다. 지금 유나의 죽음 앞에서 정근이 '자격 없음', '권한 없음'을 운운하는 것도 그러한 이유에서일 것이다. 그날 이후, 당신에게 아버지의 자격이 있느냐고 묻는다면 그는 쉽게 대답할 수 없을 것이므로.

그런데 유나의 죽음에 이런저런 사건들이 얽혀 있다는 것을 알게 된 후, 정근은 '그날 이후'만이 아닌 이전의 시간들을 돌아보기 시작한다. 유나가 재차 묻던 방산 비리 사건, 그 사건에 침묵하고 방관했다는 이유로 그는 불명예제대를 하지만, 스스로 목숨을 끊어 버린 이도 있었다. 여기에 정근의 잘못이 조금도 없다고 말할 수 있을까. 윤 대령의 죽음과 유나의 죽음이 자꾸만 겹쳐 보인다면, 그것이 수직적인 구조의 질서를 따라 위에서 아래로, 결국 아래의 존재에겐 불가항력이나 다름없는 힘에 의해 타살된 것이라면 어떻게 해야 할까. 떠오르는 물음들 앞에 정근이 할 수 있는 건 "유나의 죽음의 진실을 밝히겠다"(117쪽)는 다짐뿐이다.

정근의 다짐을 마지막으로 소설은 끝난다. 그러나 그가 끝내 떠올리지 못했던 말처럼 해소되지 않는 물음들이 아직 남아 있다. 이는 아직 유나의 죽음이 단순 '자살' 이상으로 해결된 지점이 없으며, 첫 장면의 일기를 제외하고 밝혀진 기록 또한 없기 때문일지도 모르겠지만, 그것이 근본적인 이유는 아닌 것 같다. 그렇다면 왜. 이를 설명하기 위해 고백해야 할 것이 있다. 박민정의 소설을 읽을 때, 그 말미에 이르러선 항상 이상한 경험을 했다는 사실이다. "잊지 마. 이것이 내가 원한 유토피아였다는 걸"(「아내들의 학교」, 『아내들의 학교』). 화자의 생각이 나에게 거는 말처럼 느껴질 때, 바깥에서 이야기를 관조하고 있다고 생각한다면 착각이라는 듯, 또 다른 시선과 마주치게 할 때(「버드아이즈 뷰」, 『아내들의 학교』), 나는 소설의 안쪽으로 단번에 이끌려 가는 경험을 한 적이 있다. 그것이 박민정의 단편소설이 선사하는 강력한 한방이었는지도 모르겠다.

하지만 『미스 플라이트』를 읽는 내내 그런 순간이었음을 부정할 수 없다. 이는 소설의 끝이 아니라 첫 장면, 유나의 일기를 마주했을 때부터 시작됐다. 이 소설이 남기는 필연적인 물음이 있다면, 왜 아버지의 시선이 필요했는지, 왜 유나의 목소리는 남겨진 일기로 재현될 수밖에 없었던 건지로 일축할 수 있을 것이다. 그녀가 죽은 자가 아닌 산

자였다면, 생생한 증언이었다면 어땠을까 하는 생각이 따르지만, 동시에 작가적 선택에 대해서도 고민해 보게 되는 것이다. 어느 인터뷰에서 말한 바 있듯 "'피해자 증인'이 될 것이냐, '신뢰받지 못하는 건강한 생존자'가 될 것이냐"[17]의 문제는 화자를 선택하는 과정에 있어 고려되었을 만한 것이다. 그러나 이 둘 중 하나가 아닌 선택에 대해선 우리가 읽어 내야만 하는 분명한 이유가 있지 않을까. 그건 아마도 산 자로서의 이야기가 신뢰를 얻을 수 없다면, 죽은 자로 존재의 부재가 남기는 것들, 가령 우리가 읽어 온 유나의 일기처럼, 부재로써 증명되는 사실들이 있기 때문일 것이다.

이 지점에서 기억해 두어야 할 것이 있다. 유나가 남긴 기록을 모두 읽은 이는 바로 우리, 독자밖에 없다는 사실. 이는 밝혀지지 않은 모든 진실을 아는 것도, 죽은 자의 목소리를 믿어 주어야 하는 것도 독자의 몫이라는 말과 같다. 소설의 시작, 삶의 중력에 맞서는 유나를 마주쳤을 때부터 발견되지 않은 일기를 하나 둘 읽어 나갔을 때, 우리는 가려진 진실의 안쪽으로 더 깊숙이 빠져들지 않았는가. 이처럼 박민정은 존재의 부재가 남긴 사실을 읽는 이에게만

17 박민정 인터뷰, 「눈에 보이는 것들의 허구에 대하여」, 《릿터》 13호, 92쪽.

보여 줌으로써 독자로 하여금 소설에 더 깊이 연루되게 한다. 진실의 전말을 아는 이는 오로지 나밖에 없다는 사실, 그 사실은 소설이 끝난 뒤에도 끈질기게 우리를 따라붙는다. 그렇기에 동시에 떠올리게 되는 건 이와 다르지 않은 소설 바깥의 현실이다. 삶을 짓누르는 힘, 그에 저항하는 몸짓은 이곳에도 있다. 이길 수 없음에 끝내 도약하지 못한 유나가 이곳에도 있다. 그래서였을까. "책 속에만 묻혀 있지 말고 함께 싸우자."(40쪽)는 말이 오래도록 남은 까닭은. 그러므로 핍진한 소설적 현실을 기억하고 소설 바깥의 현실에 연루됨을 선택할 때, 지금-여기의 거대한 중력과 그 아래의 존재를 목도할 때, 마침내 연루 너머의 연대가 가능하지 않을까. 그것이 비로소 시작일 수 있다고 믿어 본다.

사랑_최종_이게진짜_진짜최종.txt

박상영의 소설에 대해 말하자면, 아니 그런데 말하기도 전에 대뜸 노래를 흥얼거리게 되는 까닭은 왜일까. 그러니까 박상영의 소설은 말이야, 하고 시작을 하다가 나도 모르게 그들이 목청 높여 부르던 노래를 따라하게 되는 이유를 도통 모르겠다. 그러거나 말거나 그 노래를 따라 잠시 첫 번째 소설집 『알려지지 않은 예술가의 눈물과 자이툰 파스타』(이하 『자이툰 파스타』)의 한 장면을 떠올려 보자. 샤넬 노래방의 7번방, 이름표가 붙어 있는 무선 마이크를 놓지 않던 왕샤와 '나', 노래방 기계에서 끊임없이 흘러나오던 것은 카라, 듀스, 서지원…… 그리고 유채영이었다. '그때는 몰랐었어 누굴 사랑하는 법.' 그 한 소절에 왜 목이 아파 왔는지, 어째서 눈물이 났던 것인지 전부 알 수는 없지만 다만 그 노래의 제목이 모든 걸 설명해 준다고 생각했다. emotion. 목이 메고 조금은 울게 만드는 무수히 많은 감정이 있었기 때문에. 그래서였을까. 박상영의 두 번째 책은 이 설명할 수 없는 감정들, 말보다 먼저 튀어나오는 흥얼거림에 대해 좀 더 분명하게 말하고 싶어 하고, 또 말하지 않을까 하는 짐작을 했었다. 하지만 「emotion」의 가사처럼 그래, 그때는 몰랐었지, 하는 태도로, 너무나 능란해진 사랑꾼의 모습을 한 채로 나타나리라고는 전혀 짐작하지 못했다.

보랏빛 대도시의 밤을 걸쳐 입은 박상영의 두 번째 소설집 『대도시의 사랑법』은 첫 번째 소설집과는 확실히 다르다. 그냥 사랑법도 아닌 '대도시'의 '사랑법'이라는 큼직한 제목을 붙인 것도 그렇고, 사랑에 관해서건 또 인간관계에 관해서건, 혹은 어떤 상황에 놓여 있음에 있어 자기방어적인 태도로 웃음을 먼저 터뜨리곤 했던 것이 『자이툰 파스타』의 화자라면, 『대도시의 사랑법』에서의 '나'는 이전과는 달리 웃음으로 무마하려 하지 않는다. 정확해져야만 하는 사랑 앞에서 그는 분명하게 말한다. "나랑 만나고 싶으면 말이야, 그걸 알아 둬야 해. 내가 나이며 동시에 카일리라는 사실을 말이야. 이 사실을 털어놓는 건 네가 처음이야. 그렇다고 부담 갖지는 마. 철석같이 남자만 믿다가 이 꼴

난 내가 할 소리는 아니지만 이상하게 네가 믿음이 가서
하는 말이니까. 만약에 이런 내가 부담스러우면, 실은 그게
더 자연스러운 일이고 자연의 섭리고, 따라서 그냥 가도
돼."(「대도시의 사랑법」, 225쪽) 그러고는 돌아서서는 입술을
깨물고 비척대며 걸음을 옮기는 이. 그는 확실히 어딘가 달라
보이고, 우리는 그런 그가 조금 더 궁금해진다. 네 편으로
이루어진 연작소설, 그러나 한 편의 장편소설로 읽어도
무방한 사랑 이야기는 단 하나의 사랑을 말하지 않는다. 여러
갈래의 사랑을 통과해 온 이는 그만큼의 시간을 담고 있고,
사랑이라는 자석에 딸려오는 부수적인 감정이 뒤섞인 것이
바로 이 책이 입은 오묘한 보랏빛이자 화자 '영'의 색이다.

그러니까, 다시 박상영의 소설에 대해, 그 안의 사랑에
대해 말하자면, 조금 오랜 시간을 건너가야 할 것 같다.
「우럭 한 점 우주의 맛」에서 '그'의 말을 따라 당신이라는
우주와 나라는 우주가 만나 우리라는 또 하나의 우주를
이룰 수 있다면, 그것을 다른 말로 '사랑'이라고 부를 수
있다면 나 역시 (잘은 모르겠지만) 우주론적 관점에서
해석해야 하지 않을까. 그러자면 아리스토파네스의 말이
필요했다. 아리스토파네스에 의하면 인간은 원래 둥근
구체로 이루어져 있었다. 머리는 하나, 얼굴은 둘, 팔다리와

귀, 성기 또한 둘이었다. 하지만 인간이 신에게 반하자 신은 그들을 약하게 만들기 위해 둘로 나누었고, 그 모습이 지금의 인간이라는 것이다. 중요한 건 그 다음이다. 반쪽이 된 인간들은 자신의 나머지 반쪽을 찾아 하나가 되려 한다는 것, 자신의 결여를 채우고자 하는 욕망이 곧 에로스라는 것 말이다. 완전하게 일치할 수는 없겠지만 박상영의 화자가 추구하는 에로스는 아리스토파네스의 그것과 매우 닮아 있다. 사랑하는 사람에게 나의 곁을 나누어 줄 때, 우리의 빈틈없음을 감각하는 '나'의 모습은 비로소 반쪽을 찾아 에로스의 충족을 경험한 자의 얼굴과 다름 아니다.

> 불 꺼진 방에서 그를 안고 누웠다.
>
> 하루 종일 모자를 쓰고 있어 잔뜩 눌린 머리카락과 빳빳하게 굳은 목과 다른 곳보다 온도가 낮은 등의 문신 자국을 만졌다. 그도 나의 어깨를 감싸안았다. 우리는 작은 빈틈도 없이 서로를 꽉 안은 채로 잠시 가만히 있었다. 그러자 비로소 나의 몸이며 가슴의 형태, 팔의 길이 같은 것이 그와 맞아떨어지기 위해 존재하는 것 같았고, 내 가슴에 닿아 있는 그의 따뜻한 머리통이, 이마가 마치 우주를 안고 있는 것처럼 거대하고 소중하게 느껴졌다. 피부로 느껴지는 그의 체온과 귓가에 울리는 호흡에 집중하다 보니 어느새 나는 나 자신을

잊어버렸다.

나는 내가 아닌 존재로, 아무것도 아닌 채로 순식간에 그라는 세상의 일부가 되어 버렸다.

—「우럭 한 점 우주의 맛」, 109쪽

하지만 '그'가 '나'의 일부가 아니라, 내가 '그'의 일부가 되어 버려서일까. 아니면 처음부터 우린 하나가 아니었던 짝인 걸까. "마치 우주를 안고 있는 것처럼" "그를 안고 있는 동안은 세상 모든 것을 다 가진 것 같았는데"(「우럭 한 점 우주의 맛」, 180쪽), 그렇게 중얼거려 보지만 사랑했던 그는 이제 여기에 없다. 흥미로운 점은 여기에 없는 그(들)의 빈자리를 더듬는 화자의 손길이 네 편의 소설에서, 정확히는 소설의 말미에서 되풀이되고 있다는 사실이다. 블루베리 봉지에서 툭 떨어진 "보라색 얼음 조각 하나"에서(「재희」), 핸드폰 배터리가 다 떨어졌지만 보조 배터리를 내밀 손이 없다는 것에서(「대도시의 사랑법」), 높이 날지 못하고 추락해 버린 풍등을 떠올리는 장면들에서(「늦은 우기의 바캉스」) '나'는 이제야 상실을 깨달은 사람처럼 깊이 그리고 오래 타인을 그리워한다. 소설의 시작은 대상과의 이별 이후이며 우리의 이야기를 반추하는 것으로 서술되어 있지만, 화자는 그들이 있었던 자리에서부터, 아니 그보다 훨씬 전으로 돌아가 말문을 연다. 마치 정확하게 기억하겠다는 듯, 상실이 있었다면 그 지점이 어디인지 다시금 짚어 보겠다는 듯이. 이 지난한 복기가 목적으로 삼는 것은 사랑하는 대상의 상실을 확인하는 것만이 아니다. 조금 다르게는 나를, 나의 사랑을 확인하기 위해 행해지는 것이기도 하다. 그가 나를 얼마나 사랑했는지가 아니라, 내가 그를 얼마나, 어떻게 사랑했는지를 알기 위해서.

어쩌면 그것이야말로 내가 지난 시간 동안 앓았던 열망과도 닮아 있을지 모른다는 생각이 들었다. 대상에 대한 열망? 대상에 사로잡혀 있는 자기 자신의 모습에 대한 열망?

그래, 한없이 나 자신에 대한 열망.

예수를 사랑하고 누구보다 열렬히 삶에 투신하는 자신에 대한 열망. 어쩌면 한때 내가 그를 향해 가졌던 마음, 그 사로잡힘, 단 한 순간도 벗어날 수 없었던 그 에너지도 종교에 가까운 것일지 모르겠다. 새까만 영역에 온몸을 던져 버리는 종류의 사랑. 그것을 수십 년간 반복할 수도 있는 것인가. 그것은 어떤 형태의 삶인가.

사랑은 정말 아름다운 것인가.

—「우럭 한 점 우주의 맛」, 159쪽

그런데 나의 사랑을 확인하는 과정에서 화자가 닿은 하나의 물음은 사랑의 아름다움에 대한 것이었다. 종교에 헌신하는 엄마의 열망이 나의 사랑과 다르지 않은 것처럼 보일 때, 화자는 문득 사랑의 아름다움에 대해 의문을 갖는다. 결국에는 '나' 자신으로 환원되는 열망, 그것 또한 사랑이라고 할 수 있을까. 그 사랑조차도 아름답다고 할 수 있을까. 그러나 끝내 '영'이 확인한 사랑은 이런 것이다. "한껏 달아올라 제어할 수 없이 사로잡혔다가 비로소 대상을 벗어났을 때 가장 추악하게 변질되어 버리고야 마는 찰나의 상태"(「우럭 한 점 우주의 맛」, 169쪽). 아름답고 숭고해서 그 자체로 완벽하고 온전한 하나의 결정체가 아니라, 이전의 모습을 상상할 수 없을 만큼 변질되는 '찰나의 상태'로 존재하는 것. 처음부터 한 몸이었던 것처럼, 비로소 반쪽을 찾은 것처럼 우리는 하나라고 생각했는데. 또 다시 반쪽만 남은 '나'의 모습은 최초의 결여를 경험했던 인간의 모습과 닮아 있을 것 같다.

그러나 모든 사랑이 그렇지 않듯 어떤 사랑은 대상 그 자체와 동일시 될 수도 있다.

때때로 그는 내게 있어서 사랑과 동의어이기도 하다.

그러니까 내게 규호의 존재를 증명하는 것은, 규호의 실체에 대해 말하는 것은 사랑의 존재와 실체에 대해 증명하는 과정이기도 하다.

나는 지금껏 글이라는 수단을 통해 몇 번이고 나에게 있어서 규호가, 우리의 관계가, 누구도 침범할 수 없는 둘만의 특별한 어떤 것이었다고, 그러니까 순도 백 퍼센트의 진짜라고 증명하고 싶었던 것 같다. 온갖 종류의 다른 우리들의 시간을 온전히 보여 주고자 했지만, 애쓰면 애쓸수록 규호라는 존재와 그때의 내 감정과는 점점 더 멀어져 버리고야 만다. 진실과는 동떨어진 희미한 것이 되어 버리고 만다. 내 소설 속 가상의 규호는 몇 번이고 죽고 다치며 온전한 사랑의 방식으로 남아 있지만 현실의 규호는 숨을 쉬며 자꾸만 자신의 삶을 걸어 나간다. 그 간극이 커지면 커질수록 나는 모든 것들을 견디기가 힘들어진다. 지난 시간 끊임없이 노력하고 애써 왔지만 결국 나의 몸과 나의 마음과 나의 일상에 남은 게 아무것도 없다는 사실을, 더 여실히 깨달을 따름이었다.

—「늦은 우기의 바캉스」, 205쪽

'규호'는 내게 '찰나의 상태'와 같은 것이 아니라 모든 것이 휘발된 뒤에도 남는 두 글자다. 규호와의 사랑에 대해, 규호를 향한 '나'의 감정에 대해 박상영의 화자는 소설집

절반에 걸쳐 오래도록 천천히 이야기하지만, 그럴수록 '규호'와는 점점 더 멀어지고 만다. 기억 속의 규호에게 한 걸음 다가갈수록 현실의 규호는 한 걸음 멀어진다. 마침내 온전했던 우리의 기억에서 빠져나와 주위를 둘러보았을 때 분명해진 건 "나의 몸과 나의 마음과 나의 일상에 남은 게 아무것도 없다는 사실"이다. 그럼에도 왜 '영'은 계속해서 들여다보려고 하는 걸까. 네 편의 연작소설이 진행되는 동안 박상영의 화자는 제자리에 머물러 있지 않는다. 학생이었던 영은 졸업 후 취직을 했고, 직장을 다니다가 퇴사도 했고, 그리고 다음 회사에서는 사무실 한편 털 난 정물처럼 고요히 자리를 지키다가 마침내 작가가 되었다. 좀 더 나은 삶을 향유할 가치가 있는 사회적 인간으로서 착실히 스텝 바이 스텝을 밟아나갈 때, 그 걸음에는 필연적으로 사랑이 있었다. 재희가 있었고, '그'가 있었고, 규호가 있었고, 그 모든 이들과 더불어 애증의 대상인 엄마가 있었다. 한 개인으로서의 '영'이 다음의 내가 되고자 걸음을 옮겼듯, 누군가의 사랑인 '영', 동시에 누군가를 사랑하는 '영' 또한 다음의 사랑으로 가기 위해 한 걸음을 내딛어야 했을 것이다. 그러니까 박상영의 화자에게 있어 사랑이 있던 자리를 들여다본다는 건, '나'에게 고정되지 않고 떠나 버린 무정한 당신이라는 아토포스(atopos)를 확인하기 위함이며, 또 다른 사랑이라는 장소(topos)로 건너가기 위한 일종의 힐끔거림이다. 다시 말해 둘이 만들던 사랑의 무대에 상대역도, 관객도 없다는 걸, 정말 나 말고는 아무도 없다는 걸 여러 번 확인한 후에야 불을 끄고 문을 닫고 나가는 정확한 이별의 행위다.

무엇보다 작가가 된 화자가 글쓰기로는 우리의 사랑을 증명할 수 없으며, 글쓰기마저도 결국 '나'에게로 향하는 나르시시즘적 열망과 다르지 않다는 걸 깨달았다는 사실은 박상영의 다음 스텝을 기대하게끔 하는 중요한 단서다. 그는 또 발걸음을 옮길 것이다. "단지 나로서 살아가기 위해. 오롯이 나로서 이 삶을 살아내기 위해"(「작가의 말」). 대도시의 현란한 네온사인 틈에서 다시 밤을 고쳐 입으며, 지난 노래를 흥얼거릴 것이다. 그때는 몰랐었어 누굴 사랑하는 법…… 그리고 또 다른 사랑과 또 다른 '나'를 이야기할 것이다.

아직 내가 알지 못하는 사랑이 있다고

셰익스피어의 희극에서 사랑에 빠진 이들을 두고 테리 이글턴은 이렇게 말한다. “셰익스피어의 희극은 사랑에 빠진 인물들이 가장 ‘현실적’이면서 ‘비현실적’이고, 가장 진실하면서도 가장 허위적이라는 것을 적나라하게 보여준다. 사랑은 궁극적인 자기 인식이며, 제일 소중하고도 유일한 존재양식이다. 그렇지만 사랑은 수많은 사람들이 지금까지 해왔고 그만큼 더 많은 사람들이 앞으로 또 하게 될 지겹게도 진부하고 평범한 것이기도 하다.”[18] 비평적 관점으로 볼 때 사랑은 그 양가성이 적나라하게 드러난다. 더없이 소중하고 유일한 존재양식이지만 그만큼 상투적인

18 테리 이글턴, 김창호 옮김, 『셰익스피어 정치적 읽기』(민음사, 2018), 46쪽.

것이 사랑이라는 테리 이글턴의 말에 공감하며 나 역시도 사랑에 대한 기대 없음의 상태에 가까워진다. 그렇게 기운다. 한껏 기울어지다가…… 그 진부하고 평범한 것 틈새에서 본 적 없고 알지 못하는 사랑의 감각을 마주할 때면 다시 몸을 바로 세우게 되는 것이다. 어느 날 잠에서 깨어나 "산책 없이 헤어진 날 들었던/ 너의 목소리"(송승언, 「사랑과 교육」, 『사랑과 교육』)를 문득 떠올린다거나, 사랑하는 사람에게 꽃이 아닌 꽃의 말을 선물하는 이(성동혁, 「아네모네」, 『아네모네』)를 발견할 때, 다시 사랑에 조금의 기대를, 어떤 믿음을 더해 보고 싶어지는 마음. 이것이 아직은 시로써 가능하다는 것이 못내 다행스럽다.

송승언, 『사랑과 교육』(민음사, 2019)

시집에 수록된 시의 일부를 인용하는 것으로 시작하자. "이후의 죽음을 생각할 게 아니라 죽음의 이후를 생각해야 한다고 죽어 버린 사람이 살아서 남긴 그 말을 만져 보는 한낮이었습니다 나는 그 말을 주무르며 뭉쳐도 보고 쥐어뜯어도 보고 피가 돌게도 해 보고 킁킁거리며 냄새를 맡아 보기도 했습니다"(「몇 년 전, 장례식 있었던 무렵쯤」). 인용한 시처럼 송승언의 두번째 시집 『사랑과 교육』은 "이후의 죽음"이 아니라 "죽음의 이후"를 여러 가지 방법으로 사유하는 시들로 이루어져 있다. 이때의 '죽음'은 실제적인 생명의 다함이기도 하지만, 상징적인 의미로 해석되기도 한다. "만듦을 그치자 존재들이 형상을 입게 되었다. 만듦의 중지가 만듦이었다"(「모닥불의 꿈」)는 말을 삶과 죽음에 빗대어 보자. 삶이 어떤 만듦의 연속이라면 그것이 멈춘 후에야, 말하자면 죽음을 맞이한 이후에야 또 다른 만듦을 이어 나갈 수 있다고 할 수 있지 않을까. 죽음을 경험할 수 있다면, 그리고 그것이 중지와 일종의 없음을 뜻하는 것이라면 그 이후에 계속되는 것, 즉 "없는 것들의 존재 가능성"(「유리세계」)을 타진하는 것이 송승언의 시다.

"없는 것들의 존재 가능성"을 받아들이기 위해서는 '있는 나'에 대한 고민이 선행되어야 하지 않을까. "나는 대체 어떤 종류의 인간인가?"(「사람 그리는 노래」)와 같은 물음은 그러한 고민에서 비롯된 것일 테다. '나'는 "반쯤만 인간인"(「반쯤 인간인 동상」) 것 같고, 어쩌면 기계에 좀더 가까운 것만 같은 느낌이 들어 점점 더 '나'라는 존재가 무엇인지 알 수 없다고 느낀다. 불확실함이 더해지는 건 서술 때문이기도 하다. "잠시 무엇이었던 내가/ 나 아닌 무엇이 될 때까지// 나였던 것들에 가까워졌다가/ 나 아닌 모든 것이"(「나 아닌 모든」) 되는 일, "내가 나였다가 나 아니게 되는"(「문틈에서 문틈으로」) 일에 대한 서술은 내게서 중지되어 사라지는 것들이 무엇인가를 들여다보게끔 한다. 그것은 송승언의 시에서 생각으로 나타나기도 하고("생각에 뼈라는 게 있다면 내/ 생각은 부러져 있다", 「끝없는 삶」), "잃어버린 나의 말"(「일각수」), "영혼 없어서 영혼 없는 말"(「기계적 평화」)로 나타나기도 한다. 생각이나 말 또는 다른 것들이 서서히 탈각되어 버린 상태가 되어 "나를 이루고 있는 무리 중 하나가 파업하고" "빠진 체인처럼 드러눕"(「죽고 싶다는 타령」)고 마는 '나'는 어쩌면 "망가지지 않는 죽음"(「문틈에서 문틈으로」)을 맞이한 것이 아닐까. 그리하여 끝없는 삶으로 이어지고 있는 게 아닌가. 반쯤만 인간이고 반쯤은 기계와 다름없이 느껴지는 '나', "영원을 잊도록 영원히 연주되는 최초의 재생 장치"(「죽음 기계」)가 있다면 그것은 시적 주체가 아닌가. 그렇기에 내가 멈춘 이후에도 무언가 '나'로서 끊임없이 남겨지는 것들을 들여다볼 필요가 있을 것이다.

뭔가가 계속되었다 뭔가가
멈춘 뒤에도 뭔가가
엔진이 멈춘 뒤에도 엔진이
열차가 멈춘 뒤에도 열차가

사랑이 끝난 뒤에도 사랑이

애도가 끝난 뒤에도 애도가
쇄빙선이 멈춘 뒤에도 갈라지는 유빙 소리가
새가 멈춘 뒤에도 쏟아지는 숲의 정적 같은 소음이

이렇게도 말할 수 있다
이렇게도 말할 수 있다고 말할 수 있는 것처럼

뭔가가 계속되었다
내가 멈춘 뒤에도 나의 잔여가
가령 냄새로
또한 소리로
분명히 사물로
아마도 말 파편으로
내가 기억하지 못하는 내가 계속되었고
내가 아는 세상이 멈춘 뒤에도
내가 모르는 세상이 계속되었다

—「이후에」에서

그것 역시 나였다가 내가 아니게 될 모든 것이겠지만 '멈춤' 이후에도 계속되는 것이 있다는 것, 그 사실이 '나'라는 존재에게도 유효하다는 것은 "없는 것들의 존재 가능성"을 타진하는 이에게 유의미한 사실이다. “나는 오지 않은 것들을 모두 보고/ 잠시만 나를 견딘다”(「나 아닌 모든」). 이것은 우리가 살아가는 세계가 파국을 맞은 이후에도 마찬가지다. 잠시의 견딤 이후에 계속되는 죽음, 멈춤, 그리고 삶. 이러한 반복 속에서 송승언의 시적 주체가 찾는 것이 있다면 삶이 멈췄다가 다시 흐르게 된 ‘이후에’ 드러나는 차이가 아닐까. 차이를 반복하며 그려지는 모양만이 그의 관심일 것이다. “세상 불타는 것 중요하지 않고/ 내가 어떤 궤적을 그리며 걷고 있구나 하는 정도”(「사랑과 교육」)만이 이 끝없는 삶에서 그가 찾은 유일한 가능성인 것처럼 말이다.

김은지, 『고구마와 고마워는 두 글자나 같네』 (걷는사람, 2019)

한 노래 제목을 빌려 ‘작은 것들을 위한 시’를 논한다면 그 대상으로 김은지의 시가 적합하지 않을까. 김은지의 두 번째 시집 『고구마와 고마워는 두 글자나 같네』에서 시인은 삶의 미세한 부분까지 아주 조심스러운 손길로 매만진다. 이는 부러 더듬는 행위가 아니라 시인의 다정한 성정에서 비롯된 것으로, 그의 포근한 시선이 일상 곳곳으로 뻗어나가 자연스럽게 시적 사유로 이어지고 있다는 점이 이 시집의 미덕이다. 작은 것들을 위해 쓰이는 시는 다음과 같은 과정을 거친다. 시인은 작은 것들을 본다. 가령 “잎을 흙으로 만드는 계절”과 “새싹이 초록을 트는 계절”이 “같은 계절”(「앉아서 달팽이를 생각하는 밤」)이라는 것, 그 같은 계절 속에서도 “하나의 나무에는 감이 아직 연두색이고/ 하나의 나무에는 감이 이미 주황색”(「오리」)인 것처럼 눈이 닿는 자리마다 조금씩 차이를 드러낸다는 사실은 세심한 발견이다. 이런 장면도 있다.

갤러리에 들어온 걸인이
머핀 하나와 방울토마토 한 움큼을 가방에 쑤셔넣는다
손에는 김밥 서너 개를 쥐고
사람이 드문 쪽으로 간다

민트색 나무 그림을 마주하고
김밥을 우물거리다가
우물거리지 않는다

두 개째 김밥을 입에 넣은 그가 나가고
나무 그림을 그린 작가는 그가 있던 자리로 가서
자신의 그림을 본다

—「머핀」에서

"갤러리에 들어온 걸인"이 먹을 것을 쥐고 사람이 드문 그림 앞에 선다. "민트색 나무 그림" 앞에 섰을 때 그는 "김밥을 우물거리다가/ 우물거리지 않는다". 단순한 서술처럼 보이지만 그림을 본 후 걸인의 내면에서 먹는 행위를 정지하게 될 만큼의 작은 변화가 일어났다는 사실은 분명해 보인다. 계속해서 읽어 보자. 그가 나가고 "나무 그림을 그린 작가는 그가 있던 자리로 가서/ 자신의 그림을 본다". 걸인의 미묘한 변화를 감지한 작가가 이후 자신의 그림 앞에 서서 그림을 본다는 것. 이는 앞의 어떤 생성과 그로 인한 멈춤을 바탕으로 하는 또 한번의 (재)생성이다. 순간적이고도 미묘한 변화이지만, 그것을 들여다보는 시인의 사유는 걸인에게서 작가로, 작가에게서 다시 읽는 이로 이어지는 시적 연쇄만큼이나 작지 않음을 확인할 수 있는 장면이다. 또, "구석에 볕이 들 때"는 어떤가. 볕이 드는 자리에서 떠오르며 빛나는 "먼지 입자들"을 바라보는 시간이 더없이 소중하게 느껴지고, "당신이 곁에 없어도/ 없어도 있는 것 같은/ 멀리서 날 보고 웃기 시작했을 것 같은"(「구석에 볕에 들 때」) 기분이 드는 건 왜일까. 구석에 볕이 드는 것처럼 한줄기의 실버 라이닝이 스며드는 시의 자리가 김은지의 것임을 긍정하게 만드는 시편 속에서 시인은 고요하게 떠오르는 먼지 한 톨마저도 관심 있는 눈으로 바라본다.

작은 것들을 들여다본 이후에는 그것을 듣는 데 집중한다. "내 목소리가 너무 작기 때문일까"(「내가 찍은 낯선 사진」) 중얼거리듯 그는 자신의 목소리만큼이나 작은 소리에 귀기울인다. "가장 낮은 볼륨에 맞춰도/ 들을 수 있도록"(「스피커」) 한껏 집중한 시인이 포착한 소리는 이런 것이다. "힐을 벗고 오른발을 돌리면 복사뼈 맞춰지는 소리" "마우스를 옮기다 손을 펴면 손등의 잔뼈 부딪히는 소리" "설거지를 끝내고 숨을 들이마실 때 왼쪽 날갯죽지에서"(「뼈의 소리」) 나는 생활의 소리는 물론이며, "벚꽃 잎 한 장씩 로그인하는 소리/ 욕조에 위로 담그는 소리/ 구름이 별자리 당기는 소리"(「상어」)처럼 궁금한 소리들까지. 흥미로운 점은 촉각과 청각을 혼합하여 감각한다는 상어의 래터럴 라인처럼 그가 "소리를 만진다"(같은 시)는 것이다. "안녕이라는 소리의 감촉"이 궁금해서, 안녕이라고 말하며 손을 맞대어보듯 "손가락 끝으로/ 손가락 끝을 문지"(같은 시)르며, 시인은 들리는 것뿐만 아니라 소리의 아주 작은 진동까지 감각해 보고자 한다.

보고 듣고 만지며 감각하는 것으로 작은 것들을 발견했다면, 그것에 대한 시인의 마음은 한결같은 다정함으로 남는다. "고구마와 고마워는/ 두 글자나 같네" 하고 "말을 걸며/ 빈틈없이 이불을 꼭꼭 덮어 줄 수 있는/ 겨울 고마움"(「고구마」)이며, "친구를 위해/ 동네에서 가장 맛있는 빵을 사면서// 오히려 호의를 호의로 받아들이는 마음을/ 보존하기엔/ 빵을 사는 내가 아쉽다는 생각"(「지나가는 눈」) 같은 것, 그리고 일상의 기쁨을 여러 번 말하다가 "발 씻고/ 방바닥에 등을 대고 눕는 그 순간이/ 그 순간 기분이 가장 최고 좋아"(「남산」)라고 이야기하는 시인의 말 하나하나가 "모두 너무 심장을 사용하고 있다"(「사진 정리」)고 말할 수밖에 없음은 당연하다. 손끝부터 심장까지 온몸으로 작은 것들을 감각해 보고자 하는 김은지가 발견한 어떤 것들을 더이상 작다고 말할 수 없다는 것 또한 당연하다. 작은 것들이 모여 결코 작지 않음을 이룰 때, "다른 차원으로 열리는 문은/ 소박한 곳에 있을 법"(「줄감개」)하다는 말 역시도. 김은지가 쓴 작은 것들을 위한 시가 삶의 미세한 부분을 다른 차원에서 바라볼 수 있는 문을 열어 주기 때문이다.

김현 외, 『첫사랑과 O』(알마, 2019)

『첫사랑과 O』는 올리버 색스의 서재에서부터 시작된다. 아름답고 매혹적인 공간이 주는 감각은 올리버 색스라는 한 사람을 이루는 데에 지대한 영향을 미쳤고, 어쩌면 그것은 첫사랑과 같다고 여겨질 수 있는 것이었다. 첫사랑이라는 키워드를 가진 이 책은 두 명의 소설가와 열 명의 시인이 함께 썼다. 올리버 색스에게는 첫사랑이 서재라는 공간의 감각이었듯, 열두 명의 작가에게 첫사랑과 그 감각은 저마다 다른 형태로 우리에게 닿는다.

첫사랑은 이루어지지 않는다는 법칙에 따라 그것에 불가피한 이별이 수반된다면 그저 체념할 수밖에 없을까. 이별이 오리란 걸 알고 있지만 그럼에도 끝없이 너에게 닿으려는 나의 노력이 당신을 향한 사랑뿐만 아니라 자신을 점점 분명하게 만들고 있다는 사실은 명징하다. 김현의 「이별의 스노우볼」은 "밤의 끝"에 있는 당신을 향해 가는 '나'의 이야기다. "아침의 시작"인 '나'는 "당신이 점점 희미해질 때까지/ 그러나 온전히/ 부재하진 않을 때까지" 당신을 향해 간다. 당신에게 가는 것으로 나의 "정체성은 분명해"진다. 우리는 해가 뜨면 달이 숨고, 달이 뜨면 해가 사라지듯 서로가 온전한 모습으로는 만날 수 없지만, 어느 한쪽이 희미해진 자리에서 그를 그리는 마음과 함께 분명해진 정체성은 그 자체로 사랑의 증거와 다름없다.

사랑의 얼굴은 분명해지는 정체성만큼이나 또렷한 것으로만 나타나지는 않는다. "당신에게 부딪혀 이마가 깨져도 되나요?/ 질문이 끝나기도 전에 나는 날았고/ 이마가 깨졌다"(박연준,「불사조」). 질문이 채 끝나기도 전에 당신에게로 날아가는 마음, 깨진 이마와 이마 사이로 흐르는 것들이 있다. 시인은 "깨진 것들을 사랑의 얼굴이라 부른다". "깨지면서 태어나 휘발되는 것/ 부화를 증오하는 것/ 날아가는 속도로 죽는 것" 그 모든 것이 사랑의 일이리라. 깨졌음에도 죽지 않는 것, 깨졌으니까 태어나는 것. 그 부화는 선명한 첫사랑의 감각이다.

> 유리창 사이로 맞대어 서면
> 서로가 서로의 대답처럼 보였습니다
> 손으로 망원경 모양을 하고
> 입을 또박또박 움직여,
>
> 누, 알 바 언 제 끝 나
> 오 늘 은 손 님 이 더 많 아
> 유 니 폼 잘 어 울 려
>
> 누가 혼자 국수를 먹고 있다고 생각하면
> 누가 더 보고 싶습니다

— 배수연,「누와 누」에서

"조이라고 말하면/ 그래 나는 조이"(「조이라고 말하면 조이라고」, 『조이와의 키스』)라고 사랑하는 이의 이름을 부르며 동시에 사랑의 기쁨을 말하던 이가 있었다. '누'를 부르는 이 역시 같지 않을까. '누'라고 하면 떠오르는 여러 의미가 있겠지만, 사랑하는 대상을 말할 때의 '누가'(who)는 하나의 대명사로 자리하기 때문이다. "누가 혼자 국수를 먹고 있다고 생각하면/ 누가 더 보고 싶"어지는 마음이 있다. '누'의 자리에 저마다의 '누'를 떠올리며 "서로의 장면 속으로 희망을 던지"(「누와 누」)는 일은 그런 마음이 있기에 가능하다.

성동혁, 『아네모네』(봄날의 책, 2019)

봄날의책에서 처음 선보이는 한국 시인선의 첫 권이자 성동혁의 두번째 시집이다. 찬란한 은빛을 지녔던 첫 시집 『6』은 시인에게는 생사를 가르는 다섯 번의 경험 이후 여섯번째 몸으로 쓴 시집이었다. 시를 쓰는 것과 그것을 하나의 책으로 묶는 과정은 온몸을 쓰는 일과 결코 다르지 않았을 것이다. 그리하여 만들어진 하나의 "은빛 토르소"(「은박지를 씹으며」, 『아네모네』)와 같은 첫 시집은 시인이 가진 육체 아닌 또다른 몸이었다. 은빛의 그것보다 더욱 진한 명도를 지닌 두번째 시집은 그 짙음만큼이나 첫번째 시집과는 또다른 농도를 띠고 있을 것이란 기대를 갖게 한다.

눈에 띄는 변화는 『6』에서 자주 호명했던 것들에 대한 태도다. 가령 '신'에 대한 것. 「까다로운 침묵」에서 화자는 친구에게 "신을 더 이상 믿지 않게 된 계기"를 말하며 "다른 신전을 기웃거리고 있"음을 고백한다. 그러나 "그것들이 나를 구원하리라고는 생각지 않는다/ 불결하다 신들은"이라는 서술에서 그에게 신은 절대적인 존재가 아니며 그가 믿음과 구원을 절대적인 것에서 찾지 않는다는 것 또한 짐작할 수 있다. 신뿐인가. 첫 번째 시집에서 수선화, 라일락, 리시안셔스, 라넌큘러스 등을 부르며 우리에게 아름다움을 선사해 주었던 그는 "이제 그것들을 꽃이라고만 부른다"(「연못」). 그러나 이러한 변화가 믿고 사랑했던 것들에 대해 마음이 다했거나 체념했다는 것을 뜻하지는 않는다. 그것은 시인이 택한 또다른 사랑의 방법이다. 그는 "꽃 이름을 모두 알던 사람이지만", 시들어 가는 존재와 "누가 버린 꽃바구니"(「연못」) 앞에서는 그 이름을 부르는 것이 쉽지 않았을 것이다. 그렇기에 버려진 것들의 이름을 부르기보다 그저 '꽃'이라고 불러 본다. "이름만 알아서 더 사랑할 수 있는 것"(「글피/다시 너에게」)은 그렇게 가능해진다.

나의 구체적 애인이여
그래도 시월에 당신에게 읽어 준 꽃들의 꽃말은
내 편지 다름 아니죠
붉은 제라늄 내 엉망인 심장
포개어진 붉은 장화
아네모네 아네모네
나 지옥에서 빌려 온 묘목 아니죠

—「아네모네」에서

"나는 이 꽃을 선물하기 위해 살고 있다"(「리시안셔스」, 『6』)라는 첫 시집의 고백을 기억한다. 애인에게 꽃을 선물하던 이는 이제 다른 방법으로 꽃을 사랑하게 되었고, 사랑하는 이에게 사랑하는 것을 건네는 방식 역시 달라졌다. 그는 더이상 꽃을 선물하지 않는다. 아니다. 그는 여전히 꽃을 선물한다. 다만 그것에 붙은 의미를 증여하는 것으로 사랑을 말한다. 당신에게 건네는 "내 엉망인 심장"을 닮은 "붉은 제라늄" 한 송이는 '그대를 사랑합니다'라는 뜻으로, 반복하는 "아네모네"는 그 뜻처럼 '속절없는 사랑의 노래'로 울려퍼져 '나'로부터 당신에게로 전해진다.

다시 한번, 첫 시집이라는 몸을 지탱하는 문장이 "나는 이 꽃을 선물하기 위해 살고 있다"는 고백이었다면,

두번째 시집에서 그것은 모스크바의 끝에서 또다른 문장으로 이어진다. "나는 이 문장을 쓰기 위해 모스끄바에 왔다"(「Маша」). "영하의 천국"(「Дудкино」)에서 온전히 서 있는 것만으로 그는 한 문장만큼의 생을 쥐어 본다. 그 모습을 상상한다. "이상한 채도의 등"(「매립지」, 『6』)은 이제 "직립으로 천국까지 걸어가기 시작하는 저 하얀 등"(「Дудкино」)으로 멀어진다. 도달한 곳에서의 한 문장만큼을 더 살아 보겠다는 듯이.

우리 모두의 초록

논밭이 즐비하던 자리에 아파트 단지가 들어섰다. 신도시 이주민을 위한 상업 시설 또한 차츰 늘어갔다. 내 집 마련의 꿈을 이룬 부부가 분양받은 아파트에 입주했다. 첫째 아이는 베란다에서도 등하교 길을 살필 수 있는 안전한 거리의 초등학교로 전학했다. 그해 5월 둘째 아이가 태어났다. 특별한 일이 없다면 유년과 학창시절 모두를 이 도시에서 보낼 아이가. 아이는 별 탈 없이 잘 자랐다. 형제가 다녔던 집 앞의 초등학교와 그와 나란히 붙어 있는 중학교와 고등학교까지 문제없이 입학했다. 교복을 입기 시작한 이후로 달라진 점이 있다면 학교와 걸어서 10분 거리에 있는 (당시 어마어마했던 규모의) 학원가가 방과 후 필수 코스가 되었다는 것이다. 닭꼬치나 컵떡볶이 같은 것을 사먹고 시간이 되면 학원과 독서실을 오갔다. 학원가 초입에 있던 맥도날드는 2층 건물이라 오래 있어도 눈치가 보이지 않았다. 대개 후렌치 후라이를 하나 시키고 2층 구석에 자리 잡았다. 문제집의 같은 페이지를 오래도록 펼쳐 두고 친구들과 끊임없이 수다를 떨곤 했다. 이미 눈치 챘을 테지만 이 구체적이고 사적인 기억은 '신도시 키드'로 자란 나의 것이다.

이제는 신도시라 하기엔 전혀 새로울 것이 없는 낡은 도시, 1990년대 초반 신도시로의 도약에 성공했지만 지금은 재개발이 진행되는 곳도 심심찮게 보이는 이 도시에서의 기억이 조남주의 『귤의 맛』을 통해 다시금 환기되었다. 그 이유는 아마도 이 소설에서 신영진구에 사는 아이들의 이야기가 신도시에서 자란 나의 이야기와 크게 다르지 않기 때문일 것이다. 물론 시간의 차이가 있기 때문에 완벽하게 일치할 수는 없겠지만, 이제 막 열일곱이 된 다윤, 소란, 해인, 은지 네 명의 아이들의 이야기에서 자연스럽게 내가 지나온 시간들이 떠오르곤 했다.

조남주 작가가 『82년생 김지영』에서 소설을 읽는 어떤 이에게는 현재이고, 어떤 이에게는 미래이며, 또 다른 이에게는 과거일 여성 인물의 삶을 보여 주었듯, 『귤의 맛』에서도 누군가에게는 과거이고, 현재이자, 미래일 수 있는 시간을 열어 보이고 있었다. 귤로 치자면 아직은 초록일 시간들. 점점 귤빛으로 익어 갈 열매의 초록의 시간은 어떤가.

> 초록색일 때 수확해서 혼자 익은 귤, 그리고 나무와 햇볕에서 끝까지 영양분을 받은 귤. 이미 가지를 잘린 후 제한된 양분만 가지고 덩치를 키우고 맛을 채우며 자라는 열매들이 있다. 나는, 그리고 너희는 어느 쪽에 가까울까. (186쪽)

소설의 얼개는 이렇다. 중학교 2학년 봄방학, 3학년이 되기 직전에 제주도에 놀러간 여자 아이들 네 명이 엄청난 약속을 하게 된다는 것, 그 엄청난 약속은 모두 다 같이 신영진고를 1지망으로 쓰자는 것이었다. 대입 입시도 아닌 고입 입시에 타임캡슐까지 묻어 가며 이렇게 결연할 수 있나 싶지만 네 사람에게는 그만큼의 용기와 다짐이 필요했던 까닭이 있었다. 아이들이 재학 중인 신영진중과 1지망을 약속한 신영진고는 경기도 영진시 신영진구에 있는 학교다. 영진시는 서울과 가까운 동네로 공장지대와 낡은 주거지가 섞여 있지만, 신영진구만은 분위기가 확연히 다르다. "'경기 속의 서울', '영진 우파'"등의 별명을 가진 "깨끗하고 교통 좋고 각종 생활 편의시설도 잘 갖추어진 떠오르는 신도시"(9쪽) 신영진에서 단 하나 부족한 것은 교육 인프라였다. 그렇기에 살기 좋은 도시임에도 자녀가 있는 부모들은 영진시를 떠나 다리 하나만 건너면 되는 서울로 이사를 가곤 했다. "대입 성적이 손에 꼽히는, 교육열이 높고 학원 많은 서울 다난동"(10쪽)으로. 지역이 다르긴 하나 신영진 아이들에게 다난동은 전혀 어색한 동네가 아니다. 셔틀버스를 타고 다난동 학원에 다니다가 학년이 올라가면 아예 이사를 하고 전학을 가게 되는 동네. 그렇기에 신영진은 "결국은 떠나는 곳"(10쪽)과 다름 아니었다.

'떠나는 곳'에 아이들이 남기로 한 이유는 왜일까. 아이들에게도 다난동으로의 이사와 지역 자사고 등으로의 입학 요구가 없었던 것은 아니었다. 가령 다윤은 특목고 진학을 준비했다. 그러나 그것이 다윤의 의지였나. "올해는 한명이라도 괜찮은 특목고에 보내겠다는 의지"(224쪽)는 학교와 담임의 것이었다. 아픈 동생을 돌보느라 여념이 없던 부모님은 다윤에게 미처 신경 쓰지 못했던 지난날의 죄책감을 덜어 보려는 듯 경인외고로의 진학을 밀어주었다. 그런데 "경인외고에 가면 정말 좋은 대학에 갈 수 있을까"(224쪽) 묻는다면 다윤은 확신이 서질 않았다. 외고와 자사고가 일반고로 전환될 거라는 뉴스가 끊이질 않았다. 학교에서는 그건 먼 이야기라고 했지만 다윤은 여전히 확신할 수가 없었다. 해인은 어떤가. 아버지의 사업 투자금을 모두 사기 당한 탓에 낡고 좁은 집으로 이사를 한지 얼마 되지 않은 참이었다. 형편은 그러해도 아빠는 해인에게 다난동에 있는 자사고로 입학을 강요했다. 입학부터 쉽지 않지만 등록금부터 시작하여 돈이 들어갈 곳이 한두 군데가 아닌 가람여고인데도 "돈도 집도 직장도 없고 미래도 없는 아빠"(92쪽)는 다난동에 사는 큰이모네로 전입신고를 하면 그만이라고 했다. 소란과 은지에게도 저마다의 사정이 있었다. 소란은 중학교 때 이미 다난동으로 이사를 바랐지만 포기했던 적이 있었다. 소란보다 먼저 다난동으로 이사를 간 친구가 있었지만 치열하게 공부를 하다 어느 날 말을 잃고 한국을 아예 떠 버렸다. 은지는 서울에서 신영진으로 이사를 왔다. 왕따 문제로 마음의 상처가 쉽게 회복되지 않은 까닭이었다. 게다가 고등학교 진학을 앞두고는 엄마의 해외 발령을 기다리고 있어 자카르타로 이주를 할 수도 있는 상황이었다.

이처럼 아이들은 각기 신영진을 떠날 기회이자 위기에 놓여 있었다. 소란만이 큰 변동 없이 신영진에 남게 될 것이었으나 신영진고를 1지망으로 희망하는 것은 아니었고, 친구들과 함께 이 도시에 남고자 신영진고를 지원하자고 말한 것도 소란이 아니었다. 처음 제안했던 사람은 가장 공부를 잘하는 다윤이었다. 자신의 능력만으로도, 거기에 학교의 적극적인 지원과 부모의 응원까지 더해 가장 무탈하게 신영진을 벗어날 수도 있을 다윤의 말은 뜻밖이었다. 결국 그 제안을 모두 받아들이긴 했지만 제주의 까만 밤처럼 아이들의 마음은 막막했다. "서로의 진심뿐만 아니라 자신의 진심도 장담할 수 없었"(14면)던 것이 사실이었다. 그럼에도 타임캡슐까지 묻어 가며 다짐하고 미래의 여행을 기약할 수 있었던 건 그것이 아이들이 스스로 행한 첫 '선택'이었기 때문이다.

아이들은 아직 어리다는 이유로 선택할 자유를 쉽게 잃는다. 자신의 의지와는 상관없이 너무 많은 일들이 어른에 의해서 결정된다. "생각을 말할 겨를도 없이 어른들의 절차가 진행"(138쪽)되고 아이들은 그저 따를 뿐이다. 대개 의지를 표현하거나 선택할 수 있는 기회보다 "사람들은 모두 스스로 선택하지 않은 일에 영향을 받고 책임을 지고 때로는 해결하면서 살아간다는 사실"(137~138쪽)을 먼저 깨달으며 초록의 시간을 지난다.

신영진의 아이들은 '어른들의 절차'에 의해 자신의 선택이 처음부터 없었던 것처럼 지나길 바라지 않는다. 서울로의 이사와 진학, 그것은 어쩌면 이후의 선택과 긴밀하게 연결된 것일지도 모른다. 조금 더 쉬운 선택, 조금 더 많은 선택지를 가지고 갈 수 있는 기회일 수도 있다. 그러나 치열한 사회로, 동네를 떠나 서울로의 입사를 선택하면서까지 바라는 것은 아니었다. 그 선택은 오로지 어른의 것이었으므로. 아이들의 선택이 옳고 그른지를 따지는 것은 중요하지 않다. 다만 분명한 것은 그것이 그들 스스로에게 '최선의 선택'이었다는 것이다. 그것이 "각자의 계산과 계획"에 의한 선택일지라도 혹은 어떠한 계산과 계획도 없을 지라도 괜찮다. 이들에게는 답을 찾아갈 수 있는 충분한 시간이 있으니까, 아직은 초록의 시간의 지나고 있으니 말이다.

> 다윤은 특목고에 확신이 없었고 가족들을 아프게 하고 싶었다. 해인은 집안에 경제적인 부담을 주고 싶지도 아빠의 소원을 이루어 주고 싶지도 않았다. 은지는 엄마를 실망시키지 않으면서 친구들도 잃고 싶지 않았다. 각자의 계산과 계획이 있었다. 제주도의 밤, 그 약속도 중요했지만 가장 중요하지는 않았던 것 같다. 모두 스스로에게 최선의 선택을 했을 뿐이다.
>
> 그러나 정작 소란은 자신의 계산과 계획을 알 수 없었다. 아직 아무것도 알 수 없다. 낙오되는 것 같고 불안할 때도 있었다. 그래도 된다고 생각한다. 천천히 답을 찾아 가면 된다고. 아직은 그럴 나이라고. (236쪽)

누구에게도 쉽지 않았던 선택이었지만 아이들은 서로의 선택을 지지하며 돕는다. 첫 선택이자 선택에 의한 첫 연대를 하는 셈이다. 그것은 제법 치밀하고 또 간절하다. 다윤이 면접을 놓칠 수 있도록 다윤의 엄마인 척 문자를 보내고, 해인의 위장전입 사실을 슬쩍 고발한다. 은지가 해외로 이주하지 않고 친구들 곁에 있을 수 있게 은지 엄마를 설득하기도 했다. 그러고 보면 오직 소란만이 타인이나 외부 상황과 관계없이 친구들과 함께 하기를 선택한 것과 다름없다. 소란을 움직인 것은 자신을 억압하는 무언가를 깨고 싶은 마음이 아니라, 열일곱의 아이가 친구와의 관계에서 느낄 수 있는 다채로운 감정들이었다. "세 사람 사이에서 느꼈던 안정과 온기, 충만, 기대와 그만큼의 소외, 불안, 허무, 실망의 감정들"(15쪽). 행복만큼 비례하는 불안이지만 똑같은 무게라고 해도 같이 가고 싶은 마음과 같이 갈 수 있는 용기가 소란에겐 있었다.

열일곱의 처음이 그들에게 좋은 양분이 되었으면 한다. 초록의 시간을 지나 온몸으로 퍼지는 귤빛 중 한 줄기는 이날의 선택에 따른 것이기를 좋겠다. 어쩌면 쓰는 이도 이런 마음이지 않았을까. 조남주는 저마다 다른 이야기를 갖고 있는 아이들이 혼자 외롭게 맺혀 있지 않도록, 더는 쓸쓸하게 자라지 않도록 열매를 매만진다. 귤나무에 내려앉은 햇빛처럼 따사로운 시선으로 열매를 보듬어 주는 손길, 그 문장들에 이미 자라 버린 열매[19] 또한 위로를 받았음은 물론이다.

19 이미 자라 버린 열매는 이 소설을 읽는 나와 우리이기도 하지만, 소설 속에 등장하는 네 아이들의 엄마를 지칭하는 것이기도 하다. 아이들에 초점을 두고 소설에 대해 이야기 했지만, 『귤의 맛』을 여러 번 읽으며 이 소설이 이끌어 내는 공감의 층위는 두 개로 나누어진다는 것을 알았다. 우리가 지나온 초록의 시간 너머에는 다윤, 해인, 소란, 은지의 엄마가 있었다. 아픈 둘째에게서 한시도 눈을 뗄 수 없는 엄마, 아이의 입학식에 가려면 휴가를 내야만 하는 엄마, 새벽같이 나가 밤에 들어오면서도 세 끼 밥상은 꼬박 차려 놓고 나가는 엄마, 아이를 위해 자신의 커리어를 포기하면서도 그것이 아이로 인한 핑계가 되지 않기를 바라는 엄마. 버겁고 외로웠을 시간들을 견딘 여성들을 생각하며 이 글의 마지막 문장을 고쳐 쓰고 싶다. 이미 자라 버린 열매에게도 위로를 받았음은 물론이라고.

하나의 이름에게

시집이 꽂힌 책장 앞에 설 때면 언제나 마음이 부풀었다.
안녕하세요, 집 보러 왔어요. 닿지 않을 인사를 건네고
시집의 문을 열면 집집마다 모두 다른 사람들이 살고 있었다.
어떤 집에는 남다른 말맛으로 재밌는 요리를 내오는 사람이
있었다. 만족스러운 웃음으로 다음 집의 문을 열면 그곳에
빛과 계절이 닿은 자리를, 기다리는 이가 있던 자리를
더듬어보는 사람이 있었다. 그의 왼편에 한참을 머물러
있기를 좋아했다. 그런 이들이 사는 집을 좋아했다. 그 집
참 좋더라. 다른 사람들에게도 좋은 집이라고 자주 말하곤
했다. 한 번 가 보는 게 어때. 직접 문을 열어 주기도 했다.
하지만 어째서인지 홀로 시간을 보낼 때면 문득 생각나는
집이 있었다. 오늘은 여기까지야. 좋았던 집의 문을 닫고

뒤돌아서다가도 어느 샌가 나는 그 집 앞에 서 있었다. 문고리를 잡고 그 안의 풍경을 그려 보는 일이 즐거웠다. 한 칸의 방이 있고, 한 사람이 있을 것이다. 그는 자주 거울을 들여다보고, 종종 책상 앞에 앉아 편지를 쓴다. 시를 쓰는 것일지도 모른다. 그런 모습을 떠올리며 천천히 문을 열었다. 누군가 내게 물었다. 그 집이 좋니? 대답하지 않았다. 그 사람이 마음에 드니? 오래 생각하다가 말했다. 자꾸 궁금하다고.

언제라도 문을 열면 그는 어김없이 같은 모습으로 거울을 들여다보며 이렇게 중얼거리고 있었다. “거울아 녹아라/ 내가 흐르게/ 흘러나오게”(「房 — 거울」, 『배가 산으로 간다』). 비친 얼굴을 바라보며, 어쩌면 그 너머의 누군가를 향해 그는 여러 번 같은 말을 건넸다. 그러던 어느 날 그는 끝내 모습을 감췄다. 텅 빈 방 안에 남은 발자국 같은 문장들을 줍다가 그가 향한 곳이 거울 너머라는 것을 알았다. 그는 거기에 있었다. “이곳에 없는 바다”를 향해, “거울 속으로 걸어가는 이”(「房 — 거울 너머」, 『배가 산으로 간다』)의 뒷모습이 선연했다. 그가 이전과 같은 모습으로 있지 않다는 걸 알면서도 나는 종종 그 집을 찾았다. 불쑥 문을 열고 들어가 그가 그랬던 것처럼 거울 앞에 섰다. 그는 거기에 있었다. 잘 있나요. 가끔 안부를 묻고 손짓해도 그는 돌아오지 않았다. 그는 거기에 있겠다고 했다.

나는 아직도 그 사람이 궁금해서 그 집을 찾는다. 민구의 첫 번째 시집에 대한 이야기다. 그의 방은 여전히 그가 사라지기 전의 모습을 하고 있다. 첫 번째 시집으로부터 짧지 않은 시간이 흘렀음에도 어떤 순간에 영원히 멈춰 있는 것처럼. 달라진 것은 사라진 자의 빈 자리가 있다는 사실뿐이다.

그의 두 번째 시집은 바로 여기, 거울 앞의 화자 '나'를 비롯하여 이 세계의 수많은 무언가가 사라진 자리에서부터 시작한다. "일 분이 되기 전 영원한 오십구 초"에 머물러 있는 듯한 그 자리에서부터. 그렇기에 "일 분 뒤면 사라질 것같이 굴다가", 또 어쩌면 이미 사라졌다가도 "오랫동안 귓가에 맴"도는 것들을 기억하고, "순간이라고 이름을 붙"일 "'아주 짧은 동안'"(「일 분이 되기 전 영원한 오십구 초」)의 숨결을 기록하는 것은 시집 『당신이 오려면 여름이 필요해』의 주된 과제다. "한 방울도 남기지 않고/ 깨끗하게 비운 와인 잔"이라도 "누군가에게는 일 분/ 때론 일 초 사이에 끝날 한 모금이/ 아직 찰랑거리고 있었다"(「사이드웨이」)는 말을 증명해 보이겠다는 듯 민구는 아직 남아 있는 한 모금, 즉 사라진 존재들의 흔적을 그러모아 복기하는 것으로 시를 쓴다. 그렇게 모인 시로 가득 찬 와인 한 잔과 같은 두 번째 시집에는 사라진 것의 감각을 다시 환기하려는 시도가 있다. 가볍게 책장을 넘기며 한 모금 머금었을 때 입 안에 남는 맛들 중 가장 선명한 것은 거울 너머로 사라지기 직전의 편지와 같은 '나'의 전언이다.

> 우리는 사라지지 않으려고
> 그것을 번갈아 들었어
>
> (……)
>
> 거울을 들고 있다
> 사라지지 않으려고
> 먼저 들키지 않으려고
>
> 이사를 하다가 그만
> 거울을 떨어뜨렸다
> 유리 파편을 치우며
> 내가 나를 밟은 것처럼 서러웠다
>
> 거울을 놓친 건 너인가 나인가

떠나려는 마음을 들킨 게
누구인지 아시는 분?

네가 기다렸으면 한다

—「거울」에서

여기 '우리'라고 지칭되는 이들이 있다. 거울 속의 '너'와 거울 밖의 '나'. 다른 듯 다르지 않은 '우리'는 서로를 바라볼 수 있는 매개체인 거울을 들고 있다. '우리'가 거울을 드는 이유는 두 가지이다. "사라지지 않으려고", 그리고 "떠나려는 마음"을 "먼저 들키지 않으려"는 까닭에서다. 때문에 거울을 매개로 하여 '우리'가 서로를 바라보던 것은 '나-너'라는 존재 증명을 위한 행위와 다름 아니었다. 그러나 거울을 놓치는 것으로 '우리'의 연결고리가 끊어지면서 '너'는 사라지고 만다. 사실 '우리'는 언제나 서로를 떠나고 싶어 했는지 모른다. '너'는 '너'로, '나'는 '나'로 독립된 주체로서 살아가고 싶었을지도 모른다. 하지만 아이러니하게도 '우리'는 서로가 있어야만 '나/너'라는 존재 확인 또한 가능하다. 그렇기에 민구의 시에서 하나의 주체란 '나'라는 이름으로 성립되는 것이 아니라, '우리'여야지만 온전해지는 것이다. '나'는 "유리 파편"과 같이 깨져 버린 '우리'의 세계를 다시 이루기 위해 또 다른 거울 앞에 선다. 더 이상 비춰지는 이가 없는 그곳, '너'의 자리로 '나'는 기꺼이 발을 옮긴다. 시의 마지막 문장, "네가 기다렸으면 한다"는 말은 '우리'를 되찾기 위한 '나'의 마지막 바람과도 같다.

거울 너머로 사라진 '나'는 어떤 길을 헤매고 있는 걸까. 모든 걸음을 헤아릴 수는 없지만 그는 '나-너'의 흔적을 짚어 보려 오래 전의 시간까지 거슬러간다. "내가 태어나기 전에 살던 집"(「슬레이트 지붕이 보이는 해변」)을 기웃거리고, 더 멀리는 "우리 엄마도/ 할머니의 할머니도/ 태어나지 않"았던 때, 모두가 "조그만 알 속에 있"었다던 시간까지 건너가 보는 것이다. 혹시 알까. 그곳에서 "아무도 보지 못한 알"을 발견할 수도 있을지. "우리 둘의 약속"(「비밀이 있어」)이 깨지지 않은 채로 완전한 울타리 안에 있을지도 모를 일이다. 민구의 시에서 아주 멀리까지 거슬러 올라 사라진 것의 감각을 쥐어 보려는 시도는 '나-너'만이 아닌 다른 대상에도 동일하게 적용된다. 가령 「우리」에서 야자는 우리에게 특별한 대상이자 장소(topos)이다. "어디에도 정원은 없었지만" "들뜬 마음으로" 심은 야자가 있어 우리는 "조그만 물고기"를 기르는 기쁨을 알았고, "야자 아래서 사랑을 나누"기도 했다. 여름 폭우에 야자가 떠내려가는 일이 발생하지만, 우리는 야자를 잃지 않았다. "떠내려가지 않은/ 야자 그늘"이 남아있기 때문이다. 이처럼 어떤 대상이 사라진 뒤에도 빈 자리에서 그것이 남기고 간 것을 감각하며 오래 기억하고자 하는 마음이 민구의 시에는 있다. "빈 새장 안을 날아다"니는 "새가 아닌 것" 또는 "새처럼 보이는 것"(「카나리아」), "첨벙대다가/ 손바닥에서 사라져버"린 "살아 있는 물고기"(「누군가」), "계절이 지나고 나서야/ 귓가에 맴"도는 "그림자의 목소리"(「계절」) 등이 모두 빈 자리에서 그러모은 흔적들이다. 화자는 사라진 것들의 생(生)의 감각을 주로 몸으로, 피부로 기억한다. 예를 들면 "같이 가자"고 말하는 그림자의 목소리, 그 목소리와 함께 느껴지는 "따뜻한 입김"(「계절」)을 떠올리거나, 죽은 이의 핸드 프린팅에 손을 맞대어 보는 사람들을 보며 자신의 손을 만져 보기도 하는 것(「핸드 프린팅」)이다. 그리고 그것들을 그만의 방식으로 재현하고자 한다. 그림을 그리거나 글을 쓰는 것으로 아직 오지 않은 계절을 기다리고("하나 남은 검은색 파스로/ 아무도 오지 않는 바다를 그리자// 당신의 여름이 기분이거나/ 기억에서 지우고 싶은 여행지라면/ 시원한 문장을 골라서 글로 쓸 수 있는데", 「여름」), 어떤 순간 또는 그리운 이를 기억하며 편지를 쓰는 것("나는 순간으로 시작되는 문장의 편지를 쓰다가/ 깨끗이 지우고 드라이플라워를 만지작거렸다/ 그리고 어제보다 더// 좋은 향기가 난다고 적었다", 「일 분이 되기 전 영원한 오십구 초」)으로 타자의 빈 자리를 재현하는 것이다. 그 모든 작업을 통틀어 시인이 궁극적으로 행하고자 하는 언어적 재현은 우리 앞에 놓인 이 한 권의 시집이라 할 수 있을 테지만, 시 안에서 사라진 존재를 위한 언어적 재현의 구체적인 행위는 주로 이름을 붙이거나 이름을 기억하는 것과 같이 '이름'에 대한 것으로 이어진다. "심장을 뛰게 할/ 단 하나의 이름", "네가 아니면 나여도 좋을 이름"(「우나기」)을 고민하고, "서로의 거리를 잊고/ 각자 어울리는 이름을 새로 지어주자"(「이어달리기」)고 제안하는 식이다. 하지만 수많은 이름을 새롭게 붙여 보아도 대체될 수 없는 한 사람이 있다.

> 김민구, 구민구, 독고민구. 나는 아홉 명도 넘는 민구들을 만났지만 서로 민망한 걸 확인한 것처럼 그들과 더 가까워지지 않았다. 누군가 내게 본명이냐고 물을 때나 가명 한 번 잘 지었다고 할 때면, 사라진 민구를 찾는 흥신소 직원처럼 거울에 비친 내 얼굴을 만져보았다.

> 만약 신 씨 집안에서 태어났다면 게 맛을 알았을까? 오래전 어머니에게 개명을 해달라고 부탁했었다. 새로 쓸 이름의 후보들을 수첩에 적으며 민구와 이별할 준비를 마쳤지만 그는 오지 않았다. 똑똑해 보이는 민지석 씨가 기다려도, 단단해

보이는 민준기 씨가 여러 번 시계를 쳐다봐도 그는 오지 않았다. 그는 거기에 있겠다고 했다. 해안가의 갯강구가 다 사라질 때까지. 하얀 마음 백구가 다시 깊은 잠에 빠져들 때까지.

—「그는 거기에 있겠다고 했다」에서

그는 잘못 부른 이름으로도, 여러 별명으로도 대체되지 않는다. 스스로가 지은 이름일지라도 마찬가지다. 똑똑해 보이고 단단해 보이는 어떤 이름이어도 그는 자신의 자리를 내어줄 생각이 없다. 그는 여전히 거울 속에 있으며, 거기에 있을 것이다. 갯강구가 사라지고 백구가 깊은 잠에 빠져드는 시간이 몇 번이나 반복되더라도. "사라진 민구를 찾는 흥신소 직원처럼 거울에 비친 내 얼굴을 만져보"다가 직접 그 너머로 향한 이가 있다. 사라진 이를 찾아 이별을 고하기 위해서가 아닌, '우리'의 세계를 유지하면서 하나의 이름으로 존재하기 위함이라는 사실이 내게는 위안이 된다. 기억을 걷는 시간 속에서 그가 떠올린 이름들이 손가락 사이로 모두 빠져나가도 '민구'라는 이름 하나만은 남아 있을 것이다. 아주 오래 전부터 그 자리에 있던 것처럼, 태어나지 않은 "조그만 알"(「비밀이 있어」)처럼. "누구에게는 일 분/ 때론 일 초 사이에 끝날"(「사이드웨이」) 것이지만, '영원한 오십구 초'에 머무른 듯 우리 앞에 찰랑거리는 한 모금이 그의 이름이듯이 말이다.

"나는 태어나지 않았지"(「비밀이 있어」)라는 선언은 천천히 균열된다. 시인이 자신의 이름을 호명함으로써, 거기에 있는 그가 자신의 이름을 지켜 냄으로써 이름은 알에서 깨어난다. 다시 한 번 생의 감각을 쥐어 보는 이름은 이제 "접었다 펼 수 있는 물의 지도"가 되어 어떤 시간 안에서도 그를 안전하게 인도할 것이다. 그럼에도 나는 가끔 책장 앞을 서성일 것 같다. 좋아하는 집들을 둘러보다가 끝내는 그의 집 앞에 설 것만 같다. 슬그머니 문을 열고 아직도 거기에 있나요? 묻고 싶다. 기척과 대답이 없어도 그는 거기에 있을 것이다. 그의 이름이 그 자리에 있다면, 여전히 이름의 일을 하고 있을 것이다. 어느 그늘 아래선가 안부를 전해 올 것이다. 당신을 기다리는 마음으로 문을 닫는다.

문학과 닮은 자수 4
— 스파이더 웹 로즈 스티치

프랑스 자수의 꽃은 말 그대로 정말 꽃에 있다. 수틀을 끼운 천에 수놓인 꽃은 여러 개일 때는 풍성하니 아름답고, 단 한 송이여도 그것대로 소담하게 예쁘다. 개수와 상관없이 수틀 위의 공간을 가득 채우는 자수 꽃의 비결은 스티치 방법에 있다. 프랑스 자수에서 꽃을 만드는 기법에는 여러 가지가 있다. 데이지 꽃의 잎을 떠올리게 하는 레이지 데이지 스티치, 겹겹이 싸인 꽃잎을 잘 표현하는 블리온 스티치, 야생화의 아주 작은 꽃잎이나 열매를 표현할 때 쓰는 프렌치 노트 스티치 등이 그렇다. 모두 기본에 해당하는 스티치이나 이것들 외에 초보자가 시도하더라도 가장 그럴 듯한 결과물이 나오는 것으로 스파이더 웹 로즈 스티치(Spider Web Rose Stitch)를 추천하고 싶다.

스파이더 웹 로즈 스티치는 그 이름처럼 거미줄을 치듯 수를 놓는 방식이다. 얇은 거미줄로 장미를 그리는 것이 가능하다니. 이름만 들었을 때는 도무지 짐작이 되지 않는다. 하지만 바늘을 거미의 다리를 삼아 시계 반대 방향으로 조금씩 움직여 본다면 금세 꽃 한 송이를 피울 수 있을 것이다. 구체적인 진행 방법은 간단하다. 거미줄을 치듯 방사형으로 진행되는 스티치인 만큼 우선 기본적인 그물의 뼈대를 그려 주어야 한다. 수를 놓을 부분에 수성 펜 또는 기화 펜으로 원 하나를 그리고 원의 중심으로부터 다섯 개의 기둥을 그린다. 거미줄의 기본 골조를 세우는 셈이다. 이때 기둥의 개수는 반드시 홀수가 되어야 한다. 기둥과 기둥 사이를 상하 교대로 엮어야 하기 때문이다. 꽃의 크기에 따라 적게는 세 개, 많게는 아홉 개까지 홀수의 기둥이

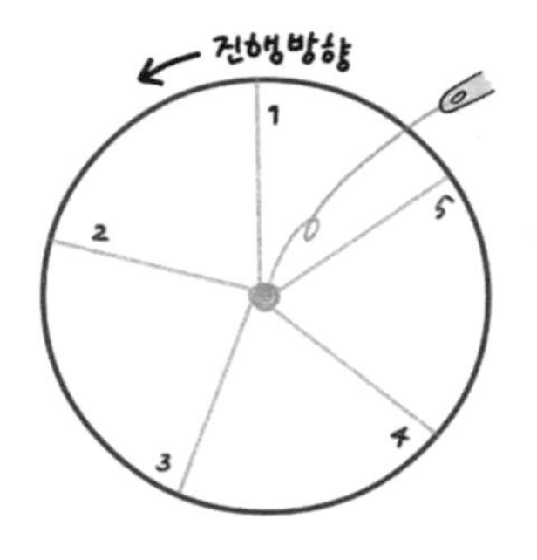

1번 실 위를 지나 2번 실 아래로,
3번 실 위를 지나 4번 실 아래로…
천을 뚫지 않고 기둥과 기둥 사이를
바늘로 지나간다.
집을 짓는 거미의 마음으로.

필요하다. 그림을 다 그렸다면 한 땀으로 직선을 수놓는 스트레이트 스티치로 다섯 개의 기둥을 만들어 준다. 원의 바깥에서 중심으로 한 땀씩 수를 놓으면 마지막에 바늘은 원의 중심부를 관통하여 자수의 뒷면에 있을 것이다. 이때 중심으로부터 가까운 곳 어디서든 바늘을 빼낸다.

이제 스파이더 웹 로즈 스티치를 할 준비는 끝났다. 방사형 스티치가 재미있는 이유는 바늘을 천에 꽂지 않고 자수를 진행하는 것에 있다. 정말로 거미가 그물을 치듯 기둥과 기둥 사이로 바늘을 빼내며 실을 걸치고 있으면 한 땀 한 땀 바늘이 통과하는 자리를 신경 써야만 하는 다른 기법을 사용할 때보다 훨씬 자유롭다는 생각이 든다. 시계 반대 방향을 기준으로 1번 기둥 위를 지나면 실은 2번 기둥의 아래를 통과하여 3번 기둥의 위를 지나야 한다. 꽃잎을 조금 더 촘촘하게 쌓기 위해 실을 살짝 당겨 가며 몇 번을 오가다 보면 도톰한 꽃잎이 매력적인 장미가 완성된다.

이러한 방사형 스티치는 하나의 원고를 쓰기 위해 읽고 쓰는 과정과 많이 닮아 있다. 문학작품에서 서사가 중요하듯이 한 편의 글 또는 한 권의 책에 대해, 어쩌면 한 세계에 대하여 말하는 비평에서도 서사적인 흐름은 반드시 필요하다. 비평은 나의 눈을 경유하여 재발견된 인물과 사건에 대한 또 하나의 이야기와 다름 아니기 때문이다.

이와 같은 시선으로 문학을 읽다 보면 유독 눈에 띄는 것들이 있다. 인물들이 반복적으로 말하고 있거나 말하지 않더라도 내내 주변을 맴도는 것들, 직접적으로 보여 주지 않더라도 끊임없는 연상을 도모하는 이미지들이 있다. 작품 안에서의 시선이 오래 머문 자리에서 이야기가 시작되고 있다면, 나 또한 눈여겨 볼 필요가 있지 않을까. 그렇게 몇 가지의 단서를 발견했다면 이제 나의 글을 위한 방사를 시작할 차례이다. 스파이더 웹 로즈 스티치에서라면 다섯 개의 기둥을 세우는 일일 테다. 아래는 최근 이혜미의 세 번째 시집 『빛의 자격을 얻어』의 해설을 쓰기 위해 건져 올린 것들을 스파이더 웹 로즈 스티치의 뼈대로 나타낸 것이다.

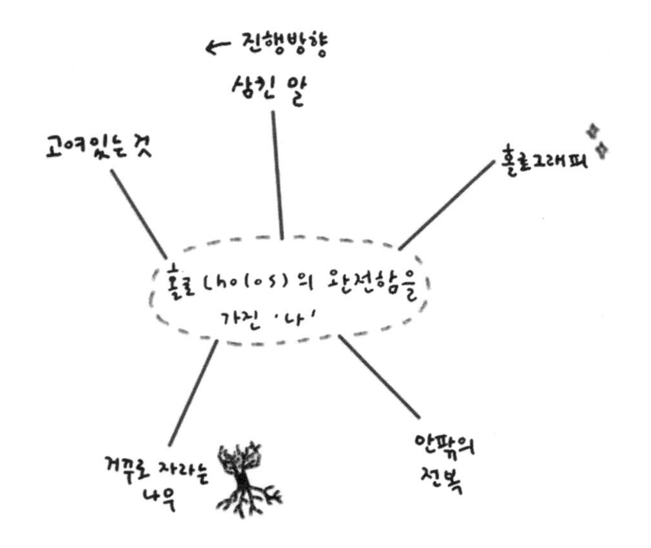

물론 이것들만으로는 시집 한 권을 전부 말하기란 어렵다. 다만 반드시 이야기해야 하는 것을 위한 최선의 선택이다. 글의 뼈대를 세웠다면 이후는 자수의 진행과 같다. 펜을 바늘 삼아 내가 세운 기둥과 기둥 사이를 자유롭게 넘나들다 보면 그물에 걸리는 것들이 있다. 삼킨 말과 고여 있는 물 사이에는 '나'의 심연에서 말의 씨앗이 자라난 시간이 있었다. 시인의 두 번째 시집과 세 번째 시집으로 건너오는 시간만큼의 것이었다. 고여 있는 물과 거꾸로 자라는 나무 사이에는 심연 속 수면에 비친 나무를 바라보는 풍경이 있었다. '나'라는 비좁은 세계 안에서 꾸역꾸역 자라나던 말들이 어느새 나무로 자라 있었다. 발화되지 못하고 아프게 찔러 대는 나무의 가지가 꼭 뿌리 같았다. 거꾸로 자라는 나무와 안팎의 전복 사이에는 문이 있었다. 열고 닫힘으로써 타인과 관계하는 마음의 문, 남겨진 물음으로써의 문처럼 여러 개의 문이 있었지만, 화자가 열어야 하는 문은 말을 삼킨 채 굳게 닫혀 있던 입 그 자체였다. 그렇기에 '나'의 안에 고여 있던 것들을 뱉어 내기 위한 안팎의 전복은 불가피하다. 전복을 꾀하는 시도와 함께 마지막으로 홀로그래피를 통과할 때에 그는 입을 열고 눈을 뜰 수 있었다.

'빛을 자격을 얻어' 비로소 '나'는 발화(發話)했다. 시가 발화(發花)하는 순간이기도 했다. 완성된 자수의 모습처럼 나의 글 안에서 이혜미의 시는 함함히 피어났다. 작업 노트에는 내보인 적 없는 수많은 거미줄들이 있다. 실을 엮는 마음으로 통과해 온 것들이다. 제각기 다른 모양이지만 무엇 하나도 아름답지 않고, 소중하지 않은 것이 없다. 다발을 만들기 위해 꽃을 쥐어 보듯이 오늘도 거미줄을 그린다. 한 땀과 한 문장을 나란히 두는 기분으로.

문학 곁의 뜨개 4
—뜨개 풍경

간혹 소설에서 뜨개질을 하는 장면을 만날 때면 거리에서 우연히 친한 친구를 마주친 것처럼 반가운 마음이 든다. "아니, 어쩐 일이야!"라거나 "여긴 어떻게 알고 왔어!"와 같은 말로 환대해 주고 싶지만 어쩐지 내가 만난 뜨개 풍경은 그렇게 평온하지만은 않다. 오히려 "니가 왜 거기서 나와……?"하고 안부를 묻고 싶은 장면들이 몇 번 있었다. 예컨대 찰스 디킨스의 『두 도시 이야기』에서 뜨개질은 혁명을 위한 은밀한 도구로 쓰인다. 소설 속에서 드파르쥬 부인은 항상 뜨개질을 한다. 잠시도 멈추지 않을 정도로 내내 바쁜 손놀림이다. 하지만 그것은 뜨개에 대한 단순한 열정이 아니라 단두대에 올릴 이름들을 뜨개로 암호화하는 고도의 작업이다. 드파르쥬 부인이 그랬던 것처럼 실제로 프랑스 혁명기의 여성들은 뜨개질 도구를 들고 의회나 법정의 방청석을 가득 메웠다고 한다. 그들은 혁명 재판소의 재판에 참여하고, 처형을 요구하고, 뜨개질을 하며 처형을 지켜보고, 바늘을 들고 야유했다.

이 모습이 가부장적 사회에서는 더없이 충격적이었던 모양인지 '뜨개질하는 여성(Tricoteuses)'이라는 용어가 만들어지기도 했다. 『두 도시 이야기』로부터 프랑스 혁명기의 논문으로까지 이어진 뜨개 풍경은 내게도 가히 충격적이었다. 뜨개질 거리를 들고 야유하고, 손의 움직임을 지속하면서 처형을 바라보는 여성들이라니. 상상만으로도 멋졌다. 그도 그럴 것이 뜨개바늘은 일상에서도 충분히 무시무시한 도구일 수 있었다. 대개 나무 소재의 바늘을 많이 사용하지만, 비싼 브랜드 바늘 중에는 외과수술용 스테인리스 스틸로 만들어진 것도 있었다. 게다가 바늘 끝이 매우 뾰족하여 뜨개를 한 후에는 손끝이 얼얼하기도 했다. 이런 바늘이면 충분히……. 혁명을 앞둔 사람처럼 방 안에서 혼자 스틸 바늘을 쥐어 보았다. 알려진 것처럼 여성의 권익과 지위의 정당함을 요구하는 움직임은 프랑스 혁명 과정에서 등장했다. 어쩌면 뜨개바늘을 쥔 여성들이 그러한 움직임의 시작일 수도 있었다. 그런 생각을 하자 마음이 벅찼다.

마치 그들이 나의 전생인 양 감격했지만 뜨개에는 분명

어떤 노스텔지어가 있다는 것이 나의 지론이다. 오래된 스웨터에 얼굴을 묻고 있으면 그것을 지나온 시간들이 모조리 떠오르는 것만 같다. (벽난로를 피운 어느 저녁, 흔들의자에서 능숙한 손으로 뜨개질을 하던 유럽 할머니가 나의 외할머니였던 것만 같은 그런…… 조작된 기억도 함께.) 다자이 오사무의 소설에서도 나와 같이 오래된 섬유가 품은 풍경을 다시금 회고하는 이가 있다.

요즘 울적한 비가 줄곧 내리니 무얼 해도 께느른하여, 오늘은 툇마루에 등의자를 내다 놓고 올봄에 뜨기 시작한 스웨터를 다시 계속 떠 볼 마음이 생겼다. 나는 옅은 모란꽃빛 털실에다 코발트블루 빛깔의 실을 보태어 스웨터를 뜰 생각이다. 그리고 이 옅은 모란꽃빛 털실은 지금부터 벌써 20여 년 전 내가 아직 초등과 학생이던 때, 어머니가 내 목도리를 떠 준 그 털실이었다. 목도리 끝에 모자가 달려 있어 그걸 쓰고 들여다 본 거울 속의 나는 작은 도깨비 같았다. 더구나 친구들의 목도리 색깔과 너무 달랐기 때문에 나는 끔찍스럽게 싫었다. 간사이 지역의 고액 납세자 집안의 친구가 "목도리가 멋진데." 하고 어른스러운 말투로 칭찬해 주었지만, 나는 더더욱 창피해져 그 후로는 한 번도 이 목도리를 두르지 않았고 오래도록 팽개쳐 두었다. 그러다가 올봄에 사장된 물건의 부활이라는 의미에서 실을 풀어 내 스웨터를 만들 생각으로 일단 시작해 보았다. 하지만 아무래도 이 흐릿한 빛깔이 마음에 들지 않아 다시 팽개쳐 두었다고 오늘 그저 심심풀이로 불쑥 꺼내 느릿느릿 떠 본 것이다. 그런데 뜨개질하는 동안 나는 이 옅은 모란꽃빛 털실과 잿빛 하늘이 하나로 어우러져 뭐라 형언할 수 없을 만큼 부드럽고 은은한 색조를 자아내고 있음을 깨달았다. 나는 미처 몰랐다. 옷은 하늘빛과 조화를 생각해야 한다는 중요한 사실을 몰랐던 거다. 조화란 얼마나 아름답고 멋스러운가! 새삼 놀랐고 멍해진 느낌이었다. 잿빛 하늘과 옅은 모란꽃빛 털실, 이 두 가지가 한데 어울리니 둘 다 동시에 생기를 띠는 게 신기하다. 손에 쥔 털실이 갑자기 포근해지고 차가운 잿빛 하늘도 우단처럼 부드럽게 느껴진다.[20]

이십 년 전 어머니가 떠 주었던 모자가 달린 목도리를 풀어 스웨터를 뜨기로 한 가즈코는 뜨개질을 하는 동안 묘한 감정을 느낀다. 손에 쥔 실과 하늘빛의 조화가 남달랐던 것이다. 따로 보았을 때에는 실의 색도 흐릿하고, 하늘은 잿빛이라 우중충하니 영 별로였지만 한데 어울리니 동시에 생기를 갖는 것이었다. 가즈코는 문득 어머니에게

20 다자이 오사무, 유숙자 옮김, 『사양』(민음사, 2018), 54~55쪽.

고마움을 느낀다. 어릴 적 친구들에 말에 창피해하며 색깔의 아름다움을 알지 못하고 팽개쳐 버린 것을 나무라지 않고, 스스로 색깔의 아름다움을 알게 될 때까지 묵묵하게 있어 준 어머니를 생각하면 가슴이 저미는 것 같은 감정을 느끼는 것이다. 패전 후 집안이 몰락한 탓에 평생을 귀족으로 살았던 어머니는 몸이 많이 쇠약해진 터였다. 가즈코는 잠시 뜨개바늘을 내려놓고 어머니를 불렀다. 어머니가 의아한 듯 대답하자 그가 말했다. "드디어 장미꽃이 피었어요. 어머닌 아셨어요? 난 방금 봤어요. 드디어 피었네요." 뒤늦게 깨달은 색깔의 아름다움이나 하늘빛과의 조화에 대해서는 한 마디도 하지 못한 채 가즈코는 괜히 장미꽃을 보며 말을 돌린다. 하지만 "난 방금 봤어요. 드디어 피었네요." 라는 말이 정말로 장미꽃에 대한 것만은 아님을 안다. 그것은 오랜 시간을 지나 마침내 알게 된 어머니의 사랑에 대한 은유와 다르지 않았다.

가을이 지나 바람이 쌀쌀해지면 지난 봄 넣어 두었던 두꺼운 옷들을 꺼내야 한다는 신호다. 실로 만들어진 모든 옷을 몽땅 꺼내어 차례로 개키다가 오래된 뜨개 옷을 집어 숨을 들이켜 보았다. 봄에 다녀왔던 세탁소 냄새가 짙지만 그 너머에 시간이 흘러도 감춰지지 않는 것들이 있다. 어느 날의 하늘빛에 대한 기억과 곁의 목소리들. 바늘을 움직이는 풍경 안에 그 모든 것이 있었다.

[부록]

그 밖의 손으로 하는 일

매해 연말이면 프랜차이즈 카페에서는 다이어리 증정 이벤트를 한다. 몇 잔의 커피를 마시면 다이어리를 주는 식이다. 커피를 좋아하고 다이어리도 좋아하는 나는 꼬박꼬박 증정 이벤트를 놓치지 않는다. 그렇다고 해서 매일같이 다이어리를 쓰는 것이 아닌데도. MBTI 유형으로 따지자면 계획형인 'J'에 해당하는 나는 일정 정리와 수기를 좋아하지만 그렇다고 해서 매일 일기를 쓸 수 있는 끈기는 없다. 백지 위에 수다를 풀어놓는 것보다 몇 줄 쓰고 난 뒤에 밀려오는 귀찮음을 이길 길이 없다. 때문에 꾸준한 기록 보다는 그때그때 내키는 대로 쓰기를 좋아하는 편이다. 그래서일까? 여름쯤 되면 다이어리는 본래의 쓰임과는 다르게 온갖 잡동사니 노트로 바뀌어 있다.

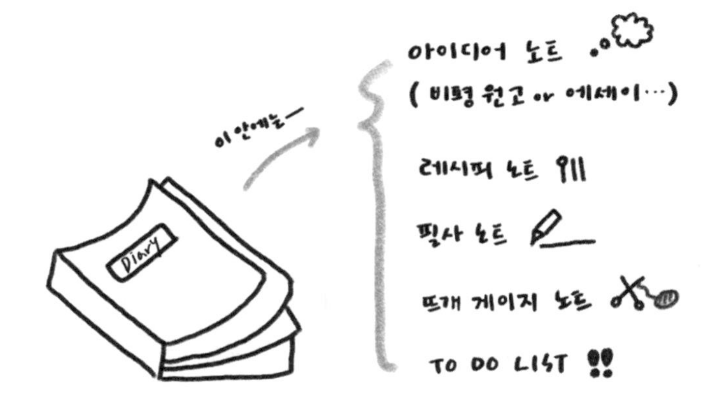

정리해 보면 나의 다이어리는 내 삶을 굴리는 세 개의 바늘, 글쓰기, 뜨개, 자수를 포함한 그 밖의 손으로 하는 것들에 대한 기록으로 채워져 있는 셈이다. 여기서 그 밖의 손으로 하는 일이란 그러니까…….

① 베이킹

적당히 단 것을 무척 좋아한다. 빵이나 디저트를 모두 좋아하지만, 그 중 구움과자를 제일로 여긴다. 집 근처에 맛있는 과자점(돌고래 과자점!)이 있어 주로 사 먹지만, 집 안 곳곳에 퍼지는 빵 냄새가 그리울 때면 가끔 직접 과자를 굽기도 한다. 스콘, 마들렌, 파운드 케이크, 상투과자와 같은 간단한 종류의 것들을. 이 중 만들기도 어렵지 않고

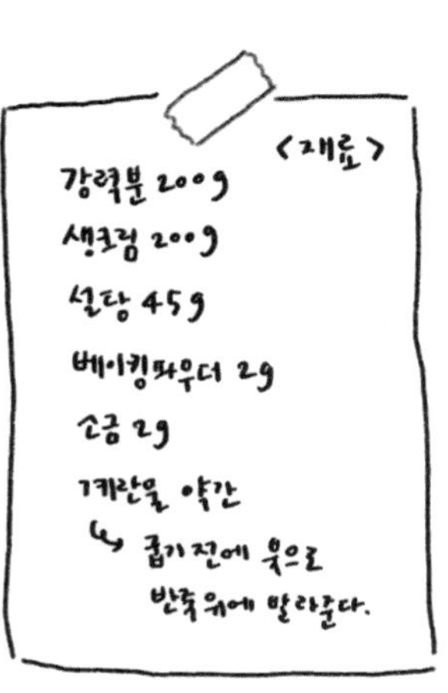

든든하기에 자주 손이 가는 것은 스콘이다. 바삭하고 촉촉하면서도 한입 가득 우물거렸을 때의 목 막히는 느낌은 어쩐지 기분이 좋다. 초코 스콘, 치즈 스콘, 말차 스콘 등 부가 재료에 따라 맛을 내는 방법도 다양하지만, 내가 제일 좋아하는 건 역시 클래식한 플레인 스콘이다. 클로티드 크림과 과일잼을 곁들여 먹었을 때 가장 맛있는 플레인 스콘. 플레인 스콘을 만드는 방법은 기본 재료에 따라 크게 버터 스콘과 생크림 스콘으로 나눌 수 있다. 버터 스콘의 경우 좀 더 파삭거리는 식감이며 풍미가 좋지만, 나는 촉촉하고 매끈한 얼굴로 구워지는 생크림 스콘 쪽이 더 좋다.

② 요리

어릴 적 엄마에겐 몇 권의 요리책이 있었다. 한식 반찬의 레시피와 함께 요리 과정을 사진으로 보여 주는 책이었다. 글보다는 사진이 더 많아 나도 기웃대었는데, 어느 날 사진 옆의 글을 천천히 읽어 보고는 그 책이 더 좋아져 버렸다. 단순한 요리법이 아닌 그 반찬에 얽힌 기억과 오래 남을 장면들로 이루어진 이야기 그 자체였기 때문이다. 요리에 가장 중요한 재료가 꼭 물질적인 것만은 아니라는 것 또한 그때 처음 알았다. 요리는 정성이야, 요리는 사랑이야, 그런 말들을 조금 이해하는 순간이었다. 하지만 지금은…… 설거지 거리가 적게 나오는 요리야말로 최고의 요리라고 말하고 싶다.

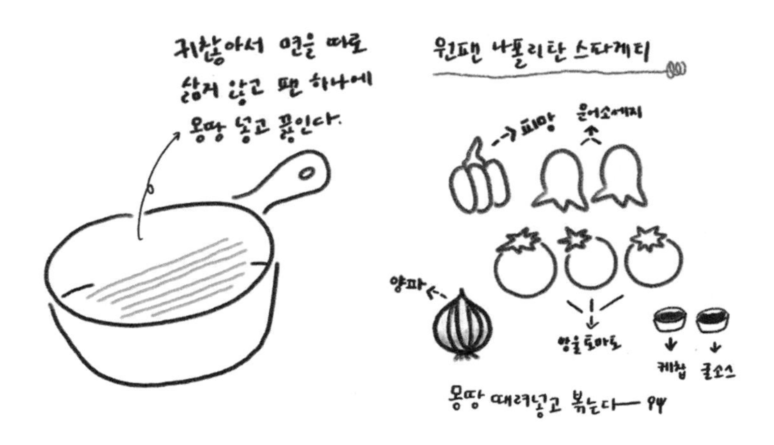

③ 레고

내 사주에 세 개의 바늘이 아니라 한 개의 벽돌이 있다고 하면 나는 주저 없이 그것을 레고라고 말했을 것이다. 레고는 뜨개와 자수와 함께 내가 좋아하는 취미 생활 중 하나이다. 다만 레고는 자주 하기에는 값이 비싼 고급 취미인지라 분기별로 하나씩 원하는 것들을 데려오고 있다. (얼마 전까지만 해도 마감에 대한 보상은 주로 레고로 여겼지만, 점점 원고료를 넘어서는 값의 블록을 탐하는 탓에 그만두기로 했다.) 레고는 조립을 마친 이후의 결과물에 만족하는 재미도 있지만, 무엇보다 조립 과정에서의 손맛이 레고를 계속 할 수밖에 없는 이유다. 작년엔 없던 새로운 모양의 신형 블록이나 불빛이 들어오는 블록을 매만지며 신기해하고 알맞은 자리에 꽂아 넣는 기쁨. 뜨개와 자수와는 다른 또 다른 즐거움이다.

모든 상자에 다 들어 있는 것은 아니지만 간혹 운이 좋으면 레고 상자 안에 브릭 리무버가 들어 있는 경우가 있다. 잘못 꽂은 블록을 분해할 때 쓰는 도구로 손가락 하나만큼의 길이다. 아무에게도 말한 적 없지만 나는 이 브릭 리무버를 일종의 토템으로 여긴다. 이것만 있으면 잘못된 것도 바로 잡을 수 있어! 하는 결연한 마음을 가능케 하는 도구이기 때문이다. 레고뿐만 아니라 삶의 어느 부분에서든

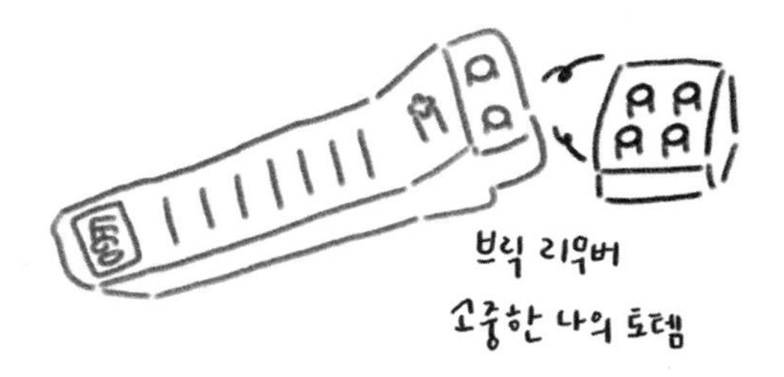

브릭 리무버만 있다면, 아니 바로 잡을 수 있다는 마음이라면 뭐든 괜찮을 것 같다.

어째서 이렇게나 부지런히 손을 놀리게 된 건지 잘 모르겠다. 천수관음처럼 손이 40개라도 되면 좋으련만, 두 개 밖에 되지 않아서 아쉽기만 하다. 그럼에도 두 개의 손으로 할 수 있는 일이 많아서, 하고 싶은 것들이 끊이지 않고 자꾸만 생겨나서 좋다. 손을 쓰지 않는 시간은 잠을 자고 있을 때뿐이기를. 앞으로도 내 손은 부지런히 움직일 것이다.

작가의 말

봄에는 퇴사를 했다. 조금 후련했고, 늘 그랬던 것처럼 조급했다. 직장은 그만두었지만 글쓰기까지 그만둔 것은 아니라서 여전히 마감을 해야 했기 때문이다. 봄이 어떻게 지났는지도 모르게 시간을 보냈다. 그때 쓴 원고는 모두 책으로 돌아왔다. 내가 경유한 수많은 '나'들이 거기에 있었다. 그것을 다시금 들춰보고 나서야 시작할 수 있었다. 이제야 나에 대해 말할 수 있었다. 이제는 나에 대해 말하고 싶어졌다.

그러니까 나에 대해 말하고 싶다는 건, 스스로를 좀 더 궁금해하기로 마음먹었다는 말과 다르지 않다. 타인에 대해서라면 전혀 회피하지 않지만, 나 자신을 들여다보는 것은 왜 이리 꺼리게 되는 걸까? 결국 나만 볼 수 있고,

나만이 보아야 하는 것인데. 다행히 이 책을 쓰면서 나는 더 이상 스스로에게 거리를 두지 않게 되었다. 다만 알아 가야 할 내가 아직도 많이 남아 있다는 걸 알았다.

이 책은 그런 나를 나 자신보다 더 궁금해하는 사람들 덕분에 시작될 수 있었다. 책의 모든 걸음을 함께 한 김화진 편집자에게 실 한 타래만큼의 마음을 전한다. 한쪽씩 끝을 나누어 잡고 오래오래 친구로, 동료로 함께 걷고 싶다. 언제나 나를 걱정하고 지지하는 가족들, 그리고 어쩌면 나보다 나를 더 잘 아는 E에게도 감사와 사랑을 말하고 싶다.

신춘문예 당선 소감에서 나는 문학의 안쪽으로 손을 내밀겠다는 당찬 포부를 밝힌 적이 있다. 타인에 대한 완전한 이해는 사실 불가능한 일일지 모르지만 그 끝자락이라도 쥐어 보겠다는 마음이었다. 문학 안을 더듬어 그와 결코 다르지 않은 지금-여기를 말하고 싶었다. 하지만 이제는 안다. 손을 내민 것은 내가 아니라 문학이었다는 것을. 내가 처음 문학을 궁금해하던 날로부터 지금까지 한 번도 내 손을 놓은 적이 없다는 것을. 그러니 이제 다시 말해야 할 것이다. 맞잡은 손을 더 꽉 쥐어 보겠다고. 내가 약해진 때에도 이 손만이 계속 나를 지탱하고 있을 거라고 말이다.

매일에 대해 쓴 탓에 나는 이제 나의 영원을 궁금해할 것이다. '세 개의 바늘'을 움직여 글과 자수와 뜨개를,

그러니까 매일을 '짓는' 나의 영원에 대하여. 이 책 너머의 당신 또한 가끔씩 나를 궁금해하기를. 그것이 내가 바라는 영원이다.

매일과
영원

세 개의 바늘

소유정 에세이

1판 1쇄 찍음 2021년 9월 13일
1판 1쇄 펴냄 2021년 9월 27일

지은이 소유정
발행인 박근섭·박상준
펴낸곳 (주)민음사

출판등록 1966. 5. 19. 제16-490호
주소 서울시 강남구 도산대로1길 62(신사동)
강남출판문화센터 5층(06027)
대표전화 02-515-2000 | 팩시밀리 02-515-2007
홈페이지 www.minumsa.com

ⓒ소유정, 2021. Printed in Seoul, Korea

ISBN 978-89-374-1947-8 (04810)
ISBN 978-89-374-1940-9 (세트)

* 잘못 만들어진 책은 구입처에서 교환해 드립니다.